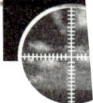

El último trabajo
del señor Luna

César Mallorquí

El último trabajo
del señor Luna

edebé

Obra ganadora del Premio EDEBÉ de Literatura Juvenil según el fallo del Jurado compuesto por: Victoria Fernández, Modest Prats, Robert Saladrigas, Vicenç Villatoro y Carlos Zamora. Actuó como Secretaria, sin voz ni voto, Anna Gasol.

Diseño de la colección: DMB&B.
Ilustraciones interiores: Fernando Krahn.
Fotografía de cubierta: Fototeca Stone.

5.ª edición

ISBN 84-236-4578-9
Depósito Legal. B. 50139-99
Impreso en España
Printed in Spain
EGS - Rosario, 2 - Barcelona

La escritura de esta novela ha sido posible gracias a la ayuda de algunas personas que se prestaron a compartir conmigo su inteligencia y sus conocimientos. Deseo, por tanto, mostrarle mi gratitud a Montserrat Magaz, directora del colegio *Bernadette*, que tuvo la amabilidad y la paciencia de poner a mi disposición su gran experiencia con los llamados *alumnos superdotados*. Gracias, Montse. También estoy en deuda con José Carlos Mallorquí, que me habló de Fermat cuando yo no sabía de qué hablar. Gracias, hermano. Y, como siempre, debo agradecerle a María José Álvarez su apoyo incondicional, así como las valiosas observaciones que realizó tras leer el manuscrito original. Gracias, Pepa. Por último, y muy especialmente, tengo una deuda de gratitud con doña Florinda Chambi, que me habló de su país, Bolivia, y de sus costumbres, tradujo para mí al quechua y, además, sirvió de modelo para uno de los personajes de esta novela. Muchísimas gracias, Flori.

Gracias a todos.

Para Pablo, mi pequeño gigante.

5

Índice

1. El asesino

El asesino tuvo que dar un brusco *volantazo* para esquivar el armadillo gigante que repentinamente había surgido de entre los arbustos. Por unos instantes el todo terreno abandonó el irregular camino forestal y enfiló directamente hacia los inmensos árboles que crecían a ambos lados, pero un nuevo *volantazo* consiguió devolverlo al sendero. El asesino frenó en medio de una nube de polvo y respiró profundamente, al tiempo que dirigía una ceñuda mirada al acorazado animal que había estado a punto de atropellar.

—¿Estás loco? —le dijo—. ¿Quieres que te maten?

Un grito agudo surgió del muro de vegetación que se alzaba a su derecha. El asesino elevó la mirada hasta la copa de los árboles y descubrió la peluda figura de un mono aullador sentado en una rama.

—¿Y tú de qué te ríes, huevón? —preguntó.

El mono se dio la vuelta con dignidad y desapareció de un brinco entre la frondosa vegetación. El asesino suspiró y puso de nuevo en marcha el todo terreno para seguir el abrupto camino que se adentraba en la selva amazónica.

La selva... El asesino odiaba el despiadado calor que allí reinaba, odiaba la asfixiante humedad que lo envolvía todo, odiaba la infinita variedad de plantas que crecían por doquier, los inmensos ficus, las enredaderas, los larguísimos bejucos, las multicolores orquídeas. Odiaba los murciélagos o vampiros que colgaban cabeza abajo en la oscura bóveda del bosque, odiaba las anacondas que serpenteaban en las ramas más bajas, odiaba los jaguares y los ocelotes que acechaban entre la hojarasca. Pero, por encima de todo, odiaba la inmensa variedad de insectos que no cesaban de revolotear a su alrededor, desde los inmensos mosquitos de zumbante vuelo hasta los minúsculos jejenes, cuyas feroces picaduras parecían contradecir la pequeñez de su tamaño.

El asesino era un hombre de ciudad, alguien que sólo lograba sentirse a gusto rodeado de cemento y asfalto, bajo la benefactora protección del aire acondicionado, así que aquella selva era para él lo más parecido al infierno. Por supuesto, le habían ofrecido ir en avión, pero el asesino desconfiaba de los aviones y también recelaba de sus clientes. Nadie que contratase sus servicios podía ser muy de fiar.

Durante el resto de la mañana el todo terreno prosiguió hacia el Sur, adentrándose más y más en la oscura jungla. En ocasiones el camino desaparecía, tragado por la vegetación, para volver a aparecer unos cuantos metros más allá, o se volvía casi impracticable a causa de un arroyo desbordado o un corrimiento de tierras. No obstante, pese a lo dificultoso de la conducción, el asesino llegó al río Negro poco después del mediodía, tal y como tenía previsto. Detuvo el vehículo junto al puente de hierro que, como revelaba una placa adosada a su estructura, había sido construido por los yanquis en mil novecientos siete, y extrajo un mapa de la guantera. Lo examinó durante un buen rato, comprobando meticulosamente su situación; se encontraba muy cerca de la frontera entre Colombia, Venezuela y Brasil, en una tierra de nadie por la que litigaban aquellos tres países desde hacía mucho tiempo, pero que en realidad jamás había estado sujeta a ninguna ley ni a ninguna bandera.

«Perdido en el fin del mundo», pensó el asesino, contemplando aquellas caudalosas aguas. El río Negro era un afluente del Amazonas; si lo siguiese corriente abajo, hacia el Sudeste, acabaría llegando a Manaos, pero él no se proponía ir tan lejos. En realidad, su punto de destino debía de encontrarse a no más de treinta kilómetros de allí. Devolvió el mapa a la guantera y, tras rociarse una vez más con repelente para mosquitos, arrancó el todo terreno y cruzó con lentitud el viejo y oxidado puente, cuya estructura gimió y chirrió bajo el peso del vehículo. Una vez alcanzada la orilla opuesta, el asesino abandonó el irregular, aunque al menos visible, trazado del camino principal y se internó por un angosto sendero que más parecía una trocha de animales que una vía apta para los vehículos de motor. Al cabo de una hora de conducir entre la espesura, aplastando arbustos y espantando colibrís y mariposas, se encontró con la alambrada.

Aquella cerca metálica parecía la cosa más incongruente del mundo, allí, en medio de la jungla, a muchísimos kilómetros de la población más cercana, con aquella puerta batiente en la que alguien había escrito con pintura negra: «*PROIBIDO PASAR*».

—¿Dónde se te quedó la hache? —murmuró el asesino con una sonrisa, mientras bajaba del vehículo y abría la puerta que bloqueaba el camino.

El asesino no tenía nombre. O, mejor dicho, tenía muchos nombres, que es aún peor que no tener ninguno. En aquella ocasión se hacía llamar «señor Luna». Era un nombre tan bueno como cualquier otro, corto y fácil de recordar, lo que en la clase de trabajo que él llevaba a cabo resultaba muy conveniente. El señor Luna era joven, no más de treinta años, de mediana estatura, pelo negro, muy corto, y un rostro agradable y atractivo. Cualquiera le hubiese tomado por un universitario, o por un amable ejecutivo, pero había algo en su mirada, un extraño brillo duro y frío como el hielo, que desmentía aquella primera impresión.

Luna regresó al todo terreno y cruzó la alambrada. Luego se bajó de nuevo y cerró la puerta. Aquella cerca, pensó mientras ponía otra vez en marcha el vehículo, era una absurda paradoja. A un lado y a otro de los alambres no había más que selva, la misma selva. Entonces, ¿qué utilidad podía tener allí una valla? Suspiró; en realidad él conocía la respuesta. La cerca era una advertencia y también una amenaza: «Cuidado, estás entrando en los dominios del todopoderoso Coronado».

Mientras avanzaba por el tortuoso sendero, Luna conectó la radio multi-frecuencia que había en el salpicadero, adoptando el modo de búsqueda automática. Los altavoces emitieron un sonoro crepitar de estática mientras el aparato barría todas las bandas de emisión radial. De improviso, una voz cuajada de parásitos resonó en el interior del vehículo.

«...Desde el río. Es un todo terreno verde con matrícula de Caracas. Repito, matrícula de Caracas. Cambio.» Un chasquido y otra voz: «¿Viene solo? Cambio.» Chasquido. «Eso parece. ¿Qué hacemos? ¿Lo interceptamos? Repito, ¿lo interceptamos? Cambio.» Una pausa, un chasquido: «No. Dejadle seguir. ¿Está claro? Permitid que llegue hasta la mansión. Cambio.» Chasquido. «Chévere, Manuel. Lo que tú digas. Cambio y cierro.»

El asesino desconectó la radio. De modo que estaban allí, muy cerca... Sin dejar de conducir, asomó la cabeza por la ventanilla y oteó el horizonte selvático. Al poco rato distinguió un brillo en la copa de un árbol, el reflejo del sol sobre una superficie pulida; quizá las lentes de unos prismáticos, o la reverberación de la mira telescópica de un fusil de precisión. Luna rió alegremente y dejó de interesarse por el paisaje para centrarse en la conducción. Tras diez minutos de tortuosa marcha el vehículo llegó a un lugar donde el sendero parecía ensancharse, al tiempo que describía una pronunciada curva a la izquierda. Luna giró el volante, siguiendo el trazado del camino y, de improviso, se encontró frente a un altísimo muro de piedra. Junto al portalón de entrada aguardaban cuatro hombres armados con ametralladoras. El asesino detuvo el todo terreno y saltó al suelo. Uno de los hombres se aproximó.

—Buenos días, señor —dijo en tono cortés, aunque claramente receloso—. Ha entrado usted en una propiedad privada, ¿sabe?

—Estoy buscando a Aurelio Coronado —dijo el asesino.

—Coronado... —repitió el desconocido, arqueando las cejas—. ¿Quién es usted, señor?

—Mi nombre es Luna, y estoy citado con don Aurelio.

—Encantado de conocerle, señor Luna —el semblante del hombre se relajó—. Me llamo Manuel Zárate y soy el jefe de seguridad de don Aurelio. El patrón le aguarda. Pero antes..., ¿va usted armado, señor?

El asesino asintió. Extrajo del bolsillo trasero del pantalón una compacta pistola beretta del calibre nueve y se la entregó a Manuel.

—La recuperará cuando se vaya —dijo éste, dándole el arma a uno de los guardianes—. Ahora, si no le importa, tengo que asegurarme de que va usted desarmado.

—Adelante —dijo Luna, levantando las manos por encima de la cabeza.

Manuel le cacheó con movimientos rápidos y precisos.

14

—De acuerdo —dijo finalmente—. Mis hombres se ocuparán de su vehículo. ¿Tiene la amabilidad de seguirme?

Manuel pulsó el botón situado en una de las jambas y el portalón se abrió lentamente en medio del zumbido de un motor eléctrico. Ante los sorprendidos ojos de Luna apareció el edificio que permanecía oculto tras el muro de piedra. Se trataba de una mansión de estilo colonial español, con las paredes encaladas refulgiendo bajo el sol del atardecer. Mientras recorrían el sendero de grava que conducía a la casa, atravesando un cuidado jardín tropical, el asesino contempló el inesperado lujo de aquel lugar: la piscina de proporciones olímpicas, las pistas de tenis y, al fondo, un pequeño campo de golf de nueve hoyos. Algo más allá, una pista de aterrizaje abría una inmensa brecha en la tupida vegetación. Nadie hubiese podido sospechar que en medio de la jungla más densa y salvaje del planeta pudiera ocultarse aquel paraíso de confortabilidad y civilización.

Tras entrar en la casa y cruzar un amplio recibidor, se introdujeron en un enorme y elegante salón, en dos de cuyas paredes se abrían grandes ventanales con vistas al jardín y a la piscina. El aire acondicionado mantenía la estancia a una temperatura constante de veintiún grados centígrados.

—Aguarde aquí, señor Luna —dijo Manuel, señalando con un gesto los mullidos sillones de cuero negro—. Iré a buscar a don Aurelio. ¿Desea tomar algo?

—Agua mineral, gracias.

Cuando el jefe de seguridad abandonó el salón,

Luna se sentó frente a una pequeña mesa laqueada, cogió una de las revistas que descansaban sobre ella y comenzó a hojearla. A los pocos minutos entró un indígena vestido con uniforme de camarero y, en absoluto silencio, dejó encima de la mesa una botella de Perrier y un vaso con hielo.

—¿No quieres un trago más fuerte, amigo? —dijo de improviso una voz a sus espaldas.

El asesinó giró la cabeza y contempló con curiosidad al hombre que había hablado, un joven de poco más de veinte años, con el negro pelo rizado y una expresión arrogante en su agraciado rostro. Dos guardaespaldas de pétrea complexión permanecían detrás de él en actitud vigilante, con las manos muy próximas a los enormes pistolones que llevaban al cinto.

—No, gracias —respondió Luna, incorporándose—. Prefiero mantenerme alejado del alcohol cuando tengo que hablar de negocios.

El joven hizo una mueca despectiva y se dirigió al mueble bar.

—Los machos de verdad aguantan la bebida —y como si quisiera dar ejemplo, el joven se sirvió una generosa dosis de licor y vació el vaso de un trago—. Es bueno —dijo—; whisky de malta recién traído de Escocia. ¿En serio que no quieres?

—En serio —Luna sonrió con ironía—. No debo de ser lo suficientemente macho, señor... Disculpe, pero creo que no me ha dicho su nombre.

—Me llamo Tacho Coronado.

—Ah... ¿Quizá es familiar de don Aurelio?

—Soy su hijo —respondió con orgullo el joven y,

para que su posición quedase clara, añadió—: Su primogénito.

—Muy bien —la sonrisa de Luna se amplió—. Es un placer conocerle.

—Déjate de milongas —replicó Tacho, aproximándose—. Voy a cachearte.

— Ya lo hizo antes Manuel.

—¿Sí? Pues quiero asegurarme. ¿Algún inconveniente?

Sin esperar respuesta, Tacho comenzó a registrar a Luna, palpando con minuciosidad cada centímetro de su cuerpo. Luego, tras asegurarse de que el asesino no llevaba encima ningún arma, se dirigió a una puerta lateral y la abrió.

—Está limpio, papá —dijo—. Puedes pasar.

Al cabo de unos segundos una figura cruzó el umbral y entró en el salón. Era un hombre de unos cincuenta años, calvo, con un espeso bigote negro cubriendo su labio superior. Pese a la enorme barriga que abultaba la guayabera de lino blanco, sus movimientos eran ágiles y enérgicos.

—Soy Aurelio Coronado. ¿Es usted el señor Luna?

—Sí. Encantado de conocerle, don Aurelio.

Coronado ignoró la mano que le tendía el asesino.

—¿Cómo puedo estar seguro? —preguntó.

—¿Perdón?...

—Tengo muchos enemigos. Si continúo vivo es gracias a ser desconfiado. ¿Cómo sé que es usted el auténtico señor Luna?

—Bueno, me dijeron que don Aurelio Coronado quería verme y aquí estoy.

17

—Ya. Pero nadie sabe cómo es el señor Luna. No hay fotografías suyas y tampoco están registradas sus huellas dactilares —Coronado frunció el ceño—. Convénzame de que es usted el auténtico señor Luna, por favor.

El asesino sonrió levemente y desvió la mirada a un lado, pensativo. Enrolló con lentitud la revista que aún tenía en las manos, hasta formar un apretado tubo de papel con el que jugueteó distraídamente durante unos segundos.

—De acuerdo —dijo—. Afirma usted, don Aurelio, que tiene muchos enemigos. Bien: imagínese que uno de esos enemigos me hubiese contratado para eliminarle...

—¡¿Qué estás diciendo, *choludo?!* —exclamó Tacho, sacando una pistola del bolsillo trasero de su pantalón.

—Sólo es una suposición —repuso Luna, haciendo un gesto apaciguador con las manos—. Simplemente intento demostrar que soy quien digo ser.

—Déjale hablar, Tachito —intervino Coronado, contemplando con interés al asesino.

El joven torció el gesto y, como a regañadientes, guardó el arma en el bolsillo.

—Gracias, don Aurelio —Luna sonrió ampliamente—. Como decía, imagínese que me hubiesen contratado para matarle. Usted es uno de los hombres más protegidos del planeta y yo he sido cacheado dos veces antes de poder verle.

—No lleva armas, papá —dijo Tacho con suficiencia—. Yo mismo lo comprobé.

—Así que, aunque quisiera, no podría hacerle nada, ¿verdad, don Aurelio? —Luna respiró profundamente—. Sin embargo...

El asesino hizo una pausa. De pronto se llevó un extremo de la revista enrollada a los labios y sopló con fuerza. Algo, una manchita de color, siseó en el aire y un diminuto dardo metálico fue a clavarse en una viga de madera situada a pocos centímetros de la cabeza de Coronado.

—Sin embargo —prosiguió Luna—, usted ya estaría muerto, don Aurelio.

Los dos guardaespaldas intercambiaron una desconcertada mirada, sin saber muy bien qué hacer. Tacho avanzó unos pasos, desclavó el dardo y lo contempló despectivamente.

—¿Estás loco, chingado? —alzó el pequeño proyectil y lo mantuvo sujeto entre dos dedos—. ¿Con esta mierda ibas a matar a mi padre?

—Ten cuidado, Tachito —repuso el asesino con una sonrisa—. La punta de ese dardo está impregnada de curare. Si te pinchas, apenas tardarás diez segundos en dejar de respirar.

Tacho profirió una maldición y tiró bruscamente el dardo al suelo.

—¡Maldito *hijopulla!* —bramó—. ¡Te voy a...!

—¡Basta ya! —dijo en tono autoritario Coronado.

Luego, contemplando sonriente al asesino, agregó:

—Debemos mostrarnos hospitalarios con nuestro invitado. A fin de cuentas, tenemos negocios que tratar con él —se volvió hacia los guardaespaldas y les ordenó—: Largaos.

Mientras los dos desconcertados gorilas abandonaban el salón, Coronado invitó a Luna con un ademán a sentarse frente a él. Tacho, con el ceño fruncido y la expresión hosca, se acomodó junto a su padre.

—¿Dónde escondió el dardo? —preguntó Coronado, dirigiéndose a Luna.

—En la hebilla del cinturón —respondió éste—. Es tan pequeño que pasa inadvertido. Generalmente, cuando alguien te registra, lo que busca es armas de fuego o cuchillos —suspiró—; pero la muerte puede ocultarse tras los objetos más insospechados.

—Supongo que deberé reforzar mis sistemas de seguridad —Coronado dirigió una severa mirada a su hijo, que rápidamente clavó los ojos en el suelo—. En cualquier caso —prosiguió, contemplando de nuevo al asesino—, le agradezco la celeridad con que ha acudido a mi llamada. ¿Ha tenido un buen viaje?

—El paisaje era lindo, aunque había demasiados mosquitos.

—Debió usar uno de mis aviones —Coronado hizo una pausa—. Disculpe si no me ando con zalamas, señor Luna, pero soy hombre de negocios y me gusta ir al grano. Deseo contratar sus servicios —sacó un sobre del bolsillo de la guayabera y se lo entregó al asesino—. Le pagaré quinientos mil dólares por matar a esta persona.

Luna abrió cuidadosamente el sobre y extrajo de su interior una fotografía.

—Una mujer... —murmuró, alzando una ceja.

—¿Algún problema? —intervino Tacho en tono despectivo—. ¿Te faltan redaños para matar mujeres?

20

—No es eso, Tachito —repuso Luna con suavidad—. Sencillamente me preguntaba por qué el poderoso Coronado está dispuesto a pagar medio millón de dólares por la muerte de una humilde mujer.

—A ti esa vaina no te importa...

—¡Compórtate, Tacho! —Coronado fulminó con la mirada a su hijo; luego se volvió hacia Luna—. Discúlpele; es joven y tiene la sangre caliente —respiró hondo—. Esa mujer se rió de mí —prosiguió, señalando la fotografía—. Y nadie se burla de Aurelio Coronado sin cumplir una penitencia, ¿comprende? Nadie. Más tarde recibirá un dossier con los detalles, pero le haré un resumen: esa zorra me robó algo muy valioso y después tomó el primer avión para España. Ahora está en Madrid.

El asesino se encogió de hombros.

—Seguro que su organización, don Aurelio, se extiende también por Europa. ¿Por qué no le encarga este trabajo a su gente de allí?

—Haces muchas preguntas, carajo —musitó Tacho—. Demasiadas.

—Nuestro invitado quiere estar al tanto de todos los aspectos de su labor —dijo Coronado—. Es un hombre precavido, y eso me gusta. Verá, señor Luna: dentro de muy poco voy a realizar un importante negocio en España y no quiero correr riesgos inútiles. Si alguno de mis hombres resultara implicado en un asesinato, mis intereses en Europa podrían verse perjudicados. Por eso prefiero contratar a un profesional independiente para que elimine a esa chola del diablo. El problema es que yo siempre quiero lo mejor, y usted, según tengo entendido, es el mejor en su especialidad.

—Gracias. Pero un cinco seguido de cinco ceros —insistió Luna— sigue siendo mucho dinero.

—Le pagaré medio millón de dólares por encontrar a esa mujer —dijo Coronado—, por mirarla a los ojos y, antes de volarle los sesos, decirle que quien va a matarla es don Aurelio Coronado. Pero también le pagaré ese dinero por intentar averiguar qué hizo con lo que me robó. Y si usted consigue dar con ello, duplicaré su recompensa.

Luna sonrió de oreja a oreja.

—Don Aurelio —dijo—: será un honor trabajar para usted.

—Perfecto —Coronado se incorporó y presionó uno de los botones que se alineaban en un panel adosado a la pared—. Pasará la noche aquí como mi invitado y mañana viajará a Caracas en mi avión personal. Nosotros nos ocuparemos de llevar su vehículo a donde usted desee. Espero que esta vez no tenga inconveniente en volar; quiero que este asunto se resuelva cuanto antes. Por cierto, mi hijo viajará también a Madrid. Usted reportará a él y de él obtendrá cualquier cosa que necesite.

—Seré tu jefe, Lunita —dijo Tacho, inclinándose hacia delante con una sonrisa zorruna—. ¿Cómo lo ves?

El asesino ignoró el comentario del joven y miró fijamente a Coronado.

—Yo trabajo solo, don Aurelio —advirtió.

—Y solo trabajará, pierda cuidado, pero Tacho será

Le pagaré medio millón de dólares por encontrar a esa mujer...

su contacto. Mi hijo va a Madrid para ocuparse de un asunto de gran importancia. Yo me estoy volviendo viejo y él debe ir haciéndose con las riendas de mis empresas para que, cuando llegue mi momento, la familia siga fuerte.

—Tú no te morirás nunca, papá —dijo Tacho con tono zalamero.

—Quizá. Pero, por si acaso estás equivocado, más vale ser previsor —Coronado acarició la cabeza de su hijo y se volvió hacia Luna—. Tacho es sangre de mi sangre. Trátele como me trataría a mí, señor Luna.

Manuel entró en ese momento en el salón y se aproximó discretamente a Coronado.

—¿Deseaba algo, don Aurelio?

—Sí, Manuel. El señor Luna ha aceptado nuestra oferta. Condúcele a sus aposentos y proporciónale toda la información que precise —se volvió hacia el asesino—. Ahora debo ocuparme de otros asuntos. Nos veremos esta noche.

Coronado abandonó con paso rápido la estancia. Luna se disponía a seguir a Manuel cuando Tacho le sujetó del brazo.

—Antes me has llamado «Tachito» —dijo en tono tenso—. Sólo mi padre me llama así, ¿comprendes? Y tú no eres mi padre.

—Cosa que lamento —repuso Luna con ironía—. Tener un hijo como tú debe de ser la culminación de los anhelos de cualquier progenitor.

Tacho aproximó su rostro al del asesino.

—No me gustas, Lunita —dijo amenazador—. Ten cuidado conmigo. Mucho cuidado.

24

El asesino sonrió amistosamente y se desprendió con suavidad de la mano de Tacho.

—Descuida, lo tendré —dijo, y mientras abandonaba el salón detrás de Manuel, añadió—: Te llamaré «Tachote». Eso es un aumentativo. Mucho más macho, ¿verdad?

* * *

Luna contempló una vez más aquel retrato. Se trataba de una fotografía de estudio, con los colores muy vivos y los contornos difuminados. La imagen mostraba el rostro de una mujer madura —de unos cuarenta años—, con el pelo negro cortado en media melena. Vestía ropas occidentales, pero los ojos levemente rasgados y el exotismo de sus rasgos hablaban de su sangre indígena.

«Quizá sea quechua, o aimara», pensó Luna.

Dejó la foto sobre la mesa y alzó la mirada. Desde el ventanal del dormitorio se divisaba un amplio panorama de la selva, extendiéndose sin fin hasta donde la vista abarcaba. Sobre la línea vegetal del horizonte, el Sol, una esfera ahora anaranjada, flotaba en medio de las rojizas luces del ocaso. Luna se desperezó con indolencia y abrió el maletín que poco antes le había entregado Manuel. En su interior había un pasaje de avión para la línea que unía Caracas con Madrid, un fajo de billetes —veinticinco mil dólares— y una carpeta con un breve dossier escrito a máquina. Luna cogió las hojas mecanografiadas y comenzó a leerlas.

La mujer se llamaba Flor Huanaco López y había

nacido en La Paz, capital de Bolivia, el veintiuno de enero de 1952. Viuda desde hacía un par de años, regentaba una peluquería en Ciudad Satélite, el barrio alto de La Paz.

Luna alzó la mirada del dossier y enarcó las cejas. Así que Coronado quería matar a una peluquera... ¿Acaso le había hecho un mal corte de pelo y deseaba vengarse? Luna sonrió y prosiguió la lectura.

El marido de Flor Huanaco, Luis Quispe, había muerto en un accidente aéreo ocurrido en los Andes, con lo que dejó a su mujer a cargo de la única hija habida en el matrimonio, una muchacha que ahora debía contar diecisiete años de edad. El resto del informe hablaba de los familiares de Flor Huanaco y describía, en líneas generales, la historia de su vida, una vida tan normal y corriente como la de cualquier otra humilde mujer boliviana.

¿Por qué iba a pagar Aurelio Coronado medio millón de dólares por la muerte de alguien así?

Luna encontró la respuesta a esa pregunta al volver la última hoja del informe y leer una breve nota donde se narraban ciertos sucesos acaecidos hacía dos semanas en un remoto lugar de la región boliviana del Chaparé.

El asesino dejó caer el dossier sobre la mesa y contempló con incredulidad el retrato de la mujer.

—Vaya con doña Flor Huanaco —dijo en voz baja—. Los tiene usted bien puestos para ser una pobre cholita —sonrió—. Hay que tener redaños para quitarle al todopoderoso Aurelio Coronado nada más y nada menos que cincuenta millones de dólares.

A lo lejos, en la oscuridad de la selva amazónica, el canto quebrado de un tucán resonó como una risa sarcástica.

2. IQ 160

Aquella mañana, mientras preparaba las tostadas del desayuno, Amelia, la madre de Pablo, inició una vez más el viejo ritual de preguntas y respuestas.

—Teorema de Gödel —dijo repentinamente, sin apartar la vista de la rebanada de pan que estaba untando con mantequilla.

Pablo dio un sorbo a su vaso de leche y recitó en tono aburrido:

—«Toda formulación axiomática de teoría de números incluye proposiciones indecibles». Por favor, mamá, eso es elemental.

— Conque elemental, ¿eh jovencito...? —la mujer ocultó una sonrisa de orgullo—. Pues si eres tan listo dime cómo hallarías la energía de un cuanto.

—Multiplicando *nu*, que es la frecuencia, por la constante de Planck —Pablo ahogó un bostezo—. Voy a llegar tarde al colegio.

—Ya lo sé, ya lo sé —Amelia respiró profundamente—. Pero desde que se marchó la criada yo tengo que ocuparme de todo y, sencillamente, no me llega el tiempo.

—Buenos días.

Pablo volvió la cabeza y contempló a su padre, Ricardo, que entraba en la cocina con el rostro adormilado.

—Hola, papá.

—Buenos días, querido —Amelia se puso a exprimir unas naranjas y prosiguió con su monólogo—: El día sólo tiene veinticuatro horas y no puedo multiplicarme. Bastantes problemas me encuentro en el trabajo como para tener que ocuparme también de la casa.

—Vamos, vamos, no exageres; a fin de cuentas, yo me encargo de las comidas y de pasar el aspirador —Ricardo comenzó a rebuscar en la alacena—. ¿No queda mermelada de albaricoque?

— Pero tú no tienes que cumplir un horario fijo y yo sí —Amelia llenó un vaso con zumo de naranja y lo puso frente a Pablo—. La mermelada de albaricoque se acabó ayer. Ahí tienes un tarro de confitura de fresa.

Ricardo contempló con abierta hostilidad el frasco de confitura.

—No me gusta la fresa —musitó—. ¿Cuánto tiempo vamos a seguir así? No parece tan complicado conseguir una criada...

—Carmen, ya sabes, la que trabaja conmigo en el Centro, me dijo que su asistenta conocía a una señora que estaba buscando trabajo. Este mediodía he quedado con ella.

—Deberías contratarla antes de conocerla —sentenció Ricardo, sentándose junto a su hijo—. Si la conoces primero, corremos el riesgo de que no te guste; entonces no la contratarías y eso sería terrible —suspiró—. La vida sin mermelada de albaricoque carece de sentido...

De improviso se volvió hacia Pablo, frunció los labios y silbó un largo pasaje musical. Al concluir la melodía enarcó las cejas y preguntó:

—¿Y bien? ¿Qué es?

Pablo suspiró. «No, por favor. Más jueguecitos a estas horas de la mañana, no.»

—Es el Tema Real de la *Ofrenda Musical* de Bach —dijo con resignación—. Como empezaba en *do* menor y terminaba en *re* menor, supongo que pertenecerá al *Canon per Tonos*, pero la verdad es que has desafinado en la decimosexta nota.

—Los cánones de Bach son ejemplos perfectos... —comenzó a decir Amelia mientras depositaba dos nuevas rebanadas de pan sobre la plancha.

—De isomorfismo —concluyó Pablo—. Ya lo sé, mamá, me lo has dicho mil veces —bebió la naranjada de un trago y se puso en pie—. Me voy al colegio.

—Pero si no has comido nada —protestó su madre—. Espera un momento, las tostadas ya están listas...

—No tengo tiempo —dijo Pablo, saliendo a toda prisa de la cocina—. Voy a perder el autobús.

Ricardo, con el tarro de confitura todavía en la

mano, miró seriamente a su mujer.

—¿He desafinado? —preguntó incrédulo.

* * *

El colegio Alberto Magno era un moderno edificio de líneas funcionales situado en un barrio residencial a las afueras de Madrid. Al llegar allí, Pablo se encontró con Guillermo y Laura, dos miembros de «la República de los Sabios», esperándole en la puerta. Laura era una muchacha de quince años, menuda y algo pálida. Sus ojos, grandes y azules, serían muy bonitos si no fuera por su expresión apagada y algo melancólica. Guillermo, por el contrario, era alto y un poco grueso. Con tan sólo dieciséis años, una prematura alopecia trazaba profundas entradas en sus cabellos morenos y le proporcionaba un sorprendente parecido con Richard Nixon.

—Benito Moreno ha tirado la toalla —le dijo Guillermo a Pablo con su habitual tono engolado—. Según Lowell, «hay dos clases de flaquezas, la que se pliega y la que se quiebra». Pues bien, Benito es de los que se quiebran.

—¿De qué estás hablando? —preguntó Pablo.

—Del pobre Beni —dijo Laura—. Ayer lo encontraron inconsciente en su cuarto. Se había tomado un frasco de barbitúricos.

Pablo sintió que el corazón le daba un vuelco.

—¿Quieres decir que ha muerto?...

—No. Le lavaron el estómago y ya se encuentra fuera de peligro —Laura bajó la mirada—. Pero no

31

volverá al colegio.

Pablo se apoyó en una pared y sacudió la cabeza con incredulidad. Beni era el miembro más joven de «la República de los Sabios», un muchacho de doce años de edad, tímido y retraído, pero muy cariñoso. Por muchas vueltas que le diese, parecía imposible que aquel niño silencioso y tranquilo hubiera sido capaz de intentar quitarse la vida.

—¿Por qué lo ha hecho? —murmuró Pablo—. Era el más inteligente...

—Bueno, eso habría que discutirlo —dijo Guillermo, enarcando una ceja con suficiencia.

—El más inteligente de todos —afirmó Laura con la mirada perdida—. Aunque, en realidad, sólo era un niño asustado.

Guardaron un largo silencio, mientras los alumnos del colegio, los alumnos «normales», iban entrando en el edificio.

—¡Hola, hola, hola! —un muchacho delgado y larguirucho se aproximó rápidamente a ellos—. ¿Y esas caras? ¿Llego en mal momento?

Era Gabriel, un miembro más de «la República de los Sabios». Pablo le saludó con un cabeceo.

—¿Sabes lo de Beni? —preguntó.

—Sí, me enteré ayer. Terrible, terrible. Anoche me deprimí mucho, pero se me pasó en seguida. Eso es lo bueno de ser hiperactivo: todo es más rápido. En cualquier caso, Beni ya está bien, que es lo importante.

—Sí, pero... —insistió Pablo—, ¿cómo fue capaz de hacerlo? No tiene sentido.

—Una chiquillada —intervino Guillermo—. Es

32

demasiado inmaduro para aceptarse a sí mismo.

—Con eso tú nunca tendrás problemas, ¿eh Guille? —Gabriel sonrió de oreja a oreja—. Eres el campeón mundial de la autoaceptación. Te quieres tanto que te mandas a ti mismo tarjetas de felicitación el día de san Valentín.

—Si crees que voy a hacer caso de tus tontas provocaciones —dijo Guillermo muy serio—, estás completamente equivocado.

—Hola, soy Guillermo —le remedó Gabriel, engolando la voz—, y estoy buscando un hangar enorme para guardar mi ego.

—Ja, ja, ja —musitó Guillermo con el ceño fruncido—. Qué gracioso.

—Venga, vamos dentro —intervino Laura dirigiéndose a la entrada—. Falta poco para que suene el timbre.

Cruzaron el vestíbulo del colegio y se internaron por los pasillos atestados de bulliciosos estudiantes en dirección a las aulas del Programa Especial. Al pasar frente a las clases de los cursos superiores, alguien, una muchacha esbelta, de piel dorada y larga cabellera castaña, se aproximó a ellos; era Patricia Arroyo. En todos los centros educativos del planeta hay alguien como ella: la chica más guapa del colegio, el bombón por antonomasia, la diosa del amor que nubla los cerebros masculinos adolescentes y es el centro de todas las envidias femeninas. Y en el colegio Alberto Magno, le había tocado a Patricia interpretar ese papel, algo que, por supuesto, ella no lamentaba en absoluto.

—Hola —saludó la muchacha—. Tú eres Pablo, ¿verdad? —Pablo parpadeó, sorprendido, y asintió con la cabeza—. Yo me llamo Patricia —prosiguió—. Estoy en cuarto A.

Pablo sabía perfectamente quién era Patricia —todos los alumnos masculinos dotados de un sistema endocrino en buen estado lo sabían—, pero se limitó a asentir de nuevo.

—¿Sabes?, me gustaría hablar contigo —Patricia hizo un gracioso mohín—. Si no estás demasiado ocupado, claro. ¿Nos vemos después de clase?

Pablo experimentó una intensa sensación de irrealidad. ¿La chica más guapa del planeta le estaba pidiendo una cita? Por un instante estuvo tentado de preguntarle si no se había confundido de Pablo, pero finalmente se limitó a decir:

—Ah, sí, claro..., después de clase.

—¡Genial! —Patricia sonrió y el mundo se volvió más radiante—. Después de clase, entonces. Hasta luego.

Pablo contempló boquiabierto cómo la muchacha se daba la vuelta y echaba a andar hacia su aula.

—¡No me lo puedo creer! —Gabriel rodeó con un brazo los hombros de Pablo—. ¿Has hecho un pacto con el demonio? ¡Patricia quiere hablar contigo!

Pablo se removió, incómodo.

—Bueno, ¿y qué?

—¿Y qué...? —Gabriel le contempló con incredulidad—. Por favor, es como si la Venus de Milo te invitara a su pisito de soltera en el Olimpo.

—No sé qué le veis a esa chica —comentó Gui-

34

llermo, despectivo—. Sólo es una cabeza bonita con el cerebro vacío.

—La verdad es que no me he fijado mucho en su cerebro —respondió Gabriel—, pero el resto del cuerpo es como para darle un premio de diseño a sus padres.

El timbre que anunciaba el comienzo de las clases resonó en los pasillos.

—Vamos a llegar tarde —dijo Pablo, contento de que aquella conversación cada vez más incómoda tocara a su fin.

Los tres muchachos se dirigieron apresuradamente a su aula. Quizá fue por las prisas, pero ninguno de ellos se dio cuenta de que Laura, el rostro ensombrecido, caminaba ahora más cabizbaja que de costumbre.

* * *

En cierto sentido el Alberto Magno era un colegio muy especial. Se trataba del primer centro del país con un programa específico para estudiantes dotados de un cociente de inteligencia superior. Pese a llevar cinco años en funcionamiento, el PEEAS, Programa Especial de Enseñanza para Alumnos Superdotados, todavía estaba en fase experimental. En realidad, se sabía muy poco de los superdotados: por alguna razón, uno de cada cien niños nace con una capacidad intelectual muy superior a la media. Esto, que en principio parece ventajoso, puede convertirse en un grave problema. Los niños superdotados son muy activos, aprenden con más facilidad que los demás y necesitan de un mayor número de estímulos; por eso, al educarse entre niños normales, en un entorno para ellos demasiado lento, es usual que pierdan interés y que acaben convirtiendo su ventaja en un fracaso.

Para solucionar ese problema surgió el Programa Especial. Se eligieron doce niños, los más brillantes entre un reducido grupo de genios precoces, se les dotó de un medio plagado de estímulos intelectuales y se diseñó un programa de estudios en el que se definían las áreas de aprendizaje, pero no el alcance de los contenidos: los propios alumnos decidían cuánto querían aprender y a qué ritmo. Sin embargo, se tuvo en cuenta que esa docena de muchachos no podían crecer encerrados en una burbuja, así que el Programa Especial se puso en práctica en un centro de estudios ordinario, el Alberto Magno, para que de este modo los alumnos superdotados pudieran convivir con otros muchachos de su edad.

Por desgracia, el asunto no funcionó exactamente como estaba previsto. Los estudiantes normales, la inmensa mayoría, contemplaban con cierta suspicacia a aquel grupo de «tipos raros», y no podían evitar sentir algo de envidia ante el hecho de que esos superdotados pudieran estudiar y aprender sin aparente esfuerzo, mientras que ellos las pasaban canutas para obtener un miserable aprobado. Al poco tiempo de comenzar sus actividades, el Programa Especial recibió el sobrenombre extraoficial —y un tanto despectivo— de «la República de los Sabios», o, más sencillamente, «la República». Los doce alumnos superdotados encajaron todo aquello con filosofía; su inteligencia era demasiado elevada como para engañarse a sí mismos pensando que eran como los demás.

Aquella mañana las actividades del Programa Especial siguieron un curso diferente al usual. El director del PEEAS, el profesor Torres, les anunció que el doctor Mendizábal, psicólogo del centro, quería hablar personalmente con cada uno de los alumnos y que, mientras aguardaban su turno para la entrevista, podían dedicarse a «estudio libre», lo que era una forma como otra cualquiera de decir que cada uno hiciera lo que le viniese en gana.

Pablo no estaba de humor para estudiar, así que permaneció un buen rato enfrascado en sus pensamientos, contemplando, como si los viera por primera vez, a los que desde hacía cinco años eran sus compañeros de clase. Allí estaban las mellizas Luisa y Juana Varela, tan parecidas que nadie sabía quién era Juana y quién, Luisa (se rumoreaba que ni ellas mismas lo tenían demasiado claro). Dominaban a la perfección dieciséis idiomas distintos y podían hacer cosas graciosas, como hablar del revés o improvisar largas frases sin utilizar una vocal determinada. Allí estaba Guillermo Almunia, tan brillante como vanidoso; y Chusa Martínez, que podía tocar de oído cualquier instrumento musical; y Román Figueroa, que poseía memoria fotográfica. Y allí, cerca del ventanal, estaba Laura Sandoval, la discreta y silenciosa reina de los ordenadores, sentada entre Carmen Iriarte, un genio de la electrónica, y Gabriel Ventura, el poeta laureado más joven del país, siempre hiperactivo y bromista.

Sentados en primera línea, frente a la pizarra, Mateo Quintana —todo un talento en biología— y Dolores Vega —con tantas habilidades que era difícil asignarle una especialidad— tecleaban velozmente en sus ordenadores portátiles. Eran «novios» casi desde el día en que se conocieron, así que resultaba difícil saber si estaban estudiando o intercambiándose electrónicos mensajes de amor.

Y allí estaba él, Pablo Sousa, el matemático prodigio... Faltaba Beni, claro; ahora sólo eran once. Todos tenían quince o dieciséis años, todos poseían un cociente de inteligencia superior a ciento cuarenta y cinco, todos eran decididamente brillantes.

Una hora más tarde Pablo entraba en el despacho del psicólogo. Arturo Mendizábal le aguardaba sentado tras su escritorio.

—Ya sabes lo que le ha ocurrido a Benito Moreno —dijo, una vez que el muchacho se hubo acomodado frente a él—. ¿Qué piensas de eso?

Pablo se encogió de hombros.

—No lo entiendo.

—¿No entiendes que alguien desee morir?

—No entiendo que lo desee un niño de doce años. Ayer, en clase, estaba normal, no parecía pasarle nada... Es absurdo.

—¿Te ha afectado mucho?

—No..., bueno, sí. No me lo esperaba.

El doctor Mendizábal desvió la mirada y permaneció unos instantes silencioso.

—Sus padres habían ido al cine —dijo al cabo de unos segundos—. Beni se tomó los barbitúricos una hora antes de que volvieran, y lo hizo en el salón, cerca de la puerta, de tal forma que era imposible que no le vieran al entrar en la casa. ¿Tú crees que Beni quería realmente suicidarse?

—O sea, que sólo pretendía llamar la atención —Pablo sonrió débilmente—. Eso es un tópico, doctor.

—A veces los tópicos no son más que verdades dichas demasiadas veces —el psicólogo suspiró—. Beni nunca debería haber entrado a formar parte del Programa Especial.

—Es el más inteligente.

—Sí, lo es. Pero también, demasiado joven. Todos los demás sois tres o cuatro años mayores que él, así que no podíais ser verdaderos amigos suyos. Ya sabes que la inteligencia sólo es uno de los aspectos de la personalidad. Las emociones son otro y, ¿sabes?, creo que incluso más importante. Aunque Beni sea intelectualmente brillante, emotivamente no es más que un niño, demasiado inmaduro para afrontar sus conflictos internos.

—Pero, ¿qué conflictos? —el muchacho meneó la cabeza, perplejo.

—Tú eres más inteligente que yo. ¿Qué opinas?

Una larga pausa.

—¿Soledad? —repuso Pablo finalmente, y más que una pregunta era una respuesta—. Antes ha dicho que Beni no tenía que haber entrado en el Programa Especial —prosiguió—. He oído decir que su padre trabaja en el ministerio y que movió muchas influencias para conseguir que le admitieran.

—Así es. Pero nunca debimos consentirlo.

Pablo suspiró.

—¿Por qué son así los padres? —preguntó.

—¿Cómo?

—Bueno, mire a los padres de Guillermo: le han mimado tanto que ha acabado por convertirse en un ególatra. Y los padres de Gabriel, que le tratan como si fuera un bicho raro. Y los padres de Chusa, que la miran con tanta admiración como si se tratase de un premio Nobel.

—¿Y tus padres?

Pablo parpadeó.

—Me llevo bien con ellos. Lo que pasa es que... Bueno, a veces tengo la impresión de que sólo les importa lo que hago, y no lo que soy —se encogió de hombros—. No sé, podrían comportarse de forma más normal.

El doctor Mendizábal sonrió comprensivamente.

—Por desgracia —dijo—, los hijos no vienen con un folleto de instrucciones. Uno siempre quiere lo mejor para ellos, pero a veces no está claro qué es lo mejor. Resulta difícil ser padre.

Pablo respiró profundamente y desvió la mirada.

—Tampoco es fácil ser hijo —musitó.

* * *

Tras la entrevista con el doctor Mendizábal, Pablo pasó el resto de la mañana ocupado en las actividades normales del curso, hasta que, a la una y media, sonó el timbre que marcaba el final de las clases. Recogió sus libros y abandonó el aula despacio, como a rega-

40

ñadientes. No había olvidado su cita con Patricia y eso le ponía nervioso; era una chica tan guapa que casi parecía irreal, una especie de fantasía que sólo puede ser contemplada a distancia. ¿Por qué quería ella hablar con él? ¿Cómo debía comportarse con ella?

Patricia le esperaba a la salida, luminosa como un amanecer.

—¡Hola! —exclamó alegremente al verle—. No tendrás prisa, ¿verdad? Quiero decir que, si tienes cosas que hacer, lo podemos dejar para otro día.

—No, no, no —repuso el muchacho, demasiado apresuradamente para su gusto—. Está bien. Tengo tiempo.

—¡Genial! ¿Damos un paseo hasta la parada del autobús?

Pablo asintió y echaron a andar. Patricia prosiguió:

—¿Sabes?, es la primera vez que hablo con un chico de la Re..., del Programa Especial. Dicen que sois superinteligentes.

—La gente exagera. Tenemos más facilidad para aprender, eso es todo.

—Pero dicen que estudiáis lo mismo que los universitarios.

—Bueno, más o menos.

—Y que el próximo curso ingresaréis en la universidad.

—Sí.

—¡Qué alucinante! ¡Iréis a la universidad por lo menos con dos años de antelación! —Patricia contempló a Pablo con genuina admiración—. Caray, me encantaría ser así de lista.

—Tú ya eres suficientemente inteligente.

—¿Sí?... No, lo dices por ser amable. La verdad es que soy un poco tarugo, qué quieres que te diga. Precisamente por eso quería hablar contigo.

Acababan de llegar a la parada. Patricia se detuvo y sonrió débilmente.

—Me han dicho que tú eres la repera con las matemáticas.

—Bueno, no se me dan mal.

—Pues a mí, fatal. Proyecciones, coordenadas cartesianas, operaciones con radicales, todo eso me suena a chino. Los exámenes son el mes que viene y, de seguir así, me veo estudiando todo el verano para septiembre. Así que, como tú eres tan bueno en matemáticas, me preguntaba si no podrías echarme una mano...

Pablo enarcó las cejas.

—¿Quieres que te dé clases?

—Bueno, te pagaría, por supuesto.

Pablo contempló con desconcierto el rostro sonriente de Patricia. ¿La chica más bonita del colegio quería que él le diese clases particulares? Aquello era un milagro.

—No hace falta que me pagues —logró decir Pablo finalmente.

—¿Eso significa que me ayudarás?

—Claro...

Patricia dio un gritito de alegría.

—¡Eres genial! —exclamó y besó al muchacho en las mejillas.

En ese momento un autobús se detuvo frente a la

parada y abrió sus puertas entre una profusión de chirridos metálicos. Patricia se separó de Pablo y corrió hacia el vehículo.

—Tengo que irme —dijo mientras subía los escalones—. ¿Te parece bien que empecemos mañana por la tarde, en mi casa?

—Eh... sí, claro.

—¡Genial! ¡Mañana hablamos!

La muchacha agitó la mano y se introdujo en el autobús, que a los pocos segundos arrancó en medio de una nube de humo. Pablo se llevó una mano a la cara; todavía notaba el húmedo calor de los dos besos que le había dado Patricia.

—Vamos, Romeo —dijo una voz a su espalda—, cuéntamelo todo. Y no omitas los detalles escabrosos.

Pablo se dio la vuelta y contempló el rostro sonriente de Gabriel.

—Sólo quiere que le dé clases de matemáticas —dijo.

—¡Matemáticas! ¡Oh, oh! Podrás hablarle de senos y cosenos, trazar tangentes y luego entrar de lleno en la topología. ¡Qué suerte tienes!

—No seas oligofrénico. Quiere que la ayude a aprobar las matemáticas, eso es todo.

—¿Ah, sí...? —Gabriel enarcó una ceja—. Entonces no te interesará saber quién es el amiguito de Patricia.

—¿Amiguito?

—Ah, ¿te interesa...? Pues has de saber, oh, infeliz, que la hermosa Patricia anda saliendo con Víctor Muñoz.

—¿Y quién es Víctor Muñoz?

—Buena pregunta. Víctor Muñoz es el chico más malo del colegio. Y cuando digo malo, quiero decir malo de verdad. No le han expulsado porque su padre está podrido de pasta. Pero es un auténtico salvaje y, como se entere de que estás tonteando con su chica, te pulverizará.

—No estoy tonteando. Sólo voy a darle clase de matemáticas.

—¿Sí?... —Gabriel sonrió con ironía—. Entonces, ¿qué eran esos dos ardientes besos que en tu rostro sus labios depositaron?

—Vamos, no seas palizas. Déjame en paz.

Pablo volvió la cabeza y oteó el fondo de la calle. Tras comprobar que no había ni rastro de su autobús, respiró hondo e intentó pensar en otra cosa.

Pero la imagen de Patricia se resistía a abandonarle.

* * *

Al llegar a casa, Pablo escuchó la melodía —un pasaje de *Las cuatro estaciones* de Vivaldi— que surgía amortiguada del interior del despacho. Su padre estaba practicando con el violín, y eso significaba que no se le podía molestar. Dejó la mochila en el perchero y se dirigió al salón. Estaba vacío.

—¡Mamá! —llamó a voz en grito.

—Estoy en el baño... —le llegó débilmente la voz de su madre.

—Ya he llegado —Pablo se dirigió al pasillo—. ¿Y la comida?

—En la cocina.

44

—Vale, me la calentaré yo.

—Sí, pero escucha, hay alguien...

Sin prestar atención a lo que decía Amelia, Pablo echó a correr por el pasillo, entró en la cocina, dio un par de pasos y, de golpe, se detuvo a medio camino de la nevera, con los ojos dilatados por la sorpresa. Porque allí, junto al hornillo donde hervía un cazo de sopa, le contemplaba sonriente una mujer absolutamente desconocida para él.

—¿Te asusté, *m'hijito?* —dijo la extraña con un suave y musical acento sudamericano.

Era una mujer de cuarenta y tantos años, bajita, de facciones muy marcadas y rasgos exóticos. Tenía la piel dorada, casi cobriza, y llevaba los negros cabellos recogidos en un laborioso trenzado. En sus ojos, grandes y oscuros, brillaba una expresión risueña.

—¿Quién... —balbuceó Pablo, desconcertado— ... es usted?

La puerta batiente se abrió y entró en la cocina Amelia que, cubierta con un albornoz azul, se secaba el pelo con ayuda de una toalla.

—Lo siento, me estaba dando una ducha —dijo—. Ah, ya veo que os conocéis. Pablo, te presento a la señora que se va a quedar con nosotros para atender la casa. Es boliviana y... —dudó un instante—. Perdone, creo que he olvidado su nombre.

La mujer se adelantó un paso y le tendió una mano a Pablo.

—Me llamo Flor Huanaco —dijo con una sonrisa.

*   *   *

45

Aquella noche, en una casamata abandonada y medio derruida que se alzaba al oeste del madrileño barrio de Aravaca, una extraña reunión tenía lugar. Eran siete jóvenes; cinco de ellos llevaban el cráneo casi completamente rasurado, vestían camisetas adornadas con motivos nazis, calzaban botas altas con refuerzos de acero y ahora se encontraban congregados en torno a una esvástica negra, cantando a voz en grito un himno alemán de la segunda guerra mundial. Se llamaban Panzer, Toni, Osochema, Rommel y Cóndor; al menos ésos eran sus apodos, o sus nombres de guerra, como ellos preferían decir.

En un rincón, algo apartados del grupo, dos muchachos más jóvenes que los demás contemplaban la escena en silencio. Uno de ellos se llamaba Víctor Muñoz y adoraba todo aquello. La música, el canto recio (aunque un tanto desafinado) de los rapados, los brazos musculosos alzados en el saludo fascista, las cruces gamadas. El otro muchacho era Adolfo Solozábal, aunque sus amigos solían llamarle Fote, y era enorme. Medía casi dos metros, tenía las espaldas anchas como un descargador de muelle y unos bíceps tan abultados que harían palidecer de envidia a un boxeador profesional. Ahora su rostro reflejaba el más profundo desdén.

—Vámonos de aquí —murmuró Fote—. No hay quien lo aguante.

—Cállate, *joé* —replicó Víctor—. Esto me pone los pelos de punta, macho; como escarpias.

Fote suspiró ruidosamente y aguardó con el gesto torcido a que los rapados concluyeran sus cánticos. Al

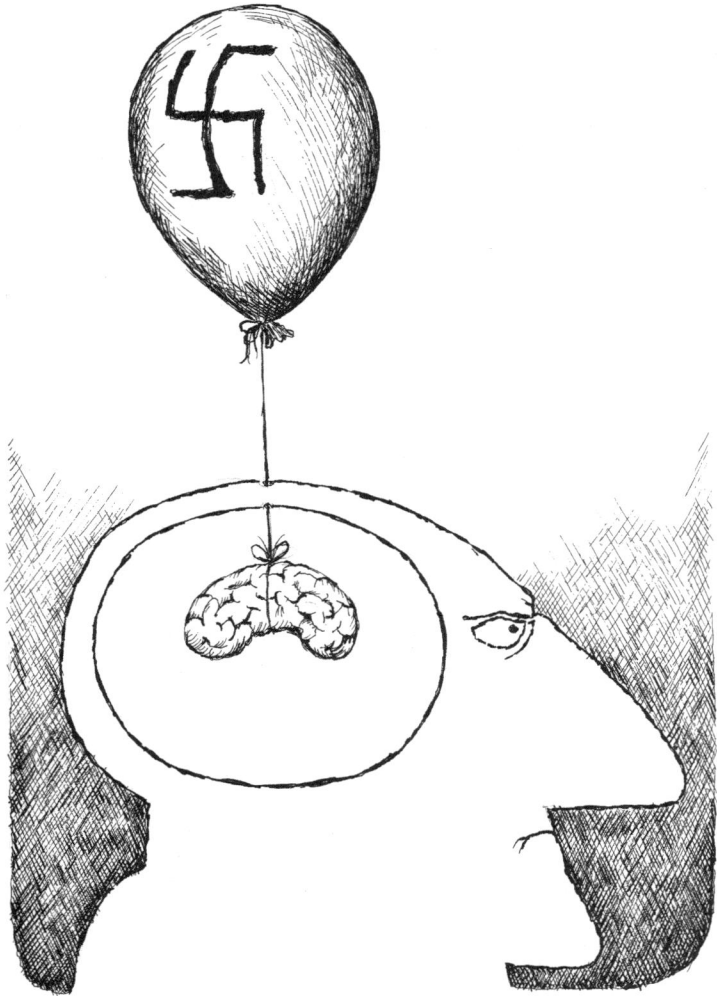

... Se encontraban congregados en torno a una esvástica negra, cantando a voz en grito un himno alemán...

cabo de unos minutos, tras prorrumpir en sonoros ví-
tores a Hitler y al nacionalsocialismo, Panzer, el jefe
del grupo, se aproximó lentamente a Víctor.

—¿Qué le pasa a tu *tron*, tío? —dijo, señalando a
Fote—. No parece muy contento.

—Qué va, está encantado, hombre —replicó Víctor—. Encantado.

—Esto es una chorrada —le interrumpió Fote—. Y
vosotros, una panda de cantamañanas. Eso es lo que
pasa.

La sonrisa se congeló en la boca de Panzer. Sus
ojos se clavaron en los del muchacho.

—¿Qué dices, tío? —musitó en tono sombrío.

—Digo que me aburren vuestras cancioncitas y
vuestros rollos nazis. Y digo que no me das ni pizca
de miedo, *pelao*.

Sobrevino un tenso silencio. Durante veinte inter-
minables segundos nadie dijo ni hizo nada. La atmósfera parecía crepitar de electricidad, como si una
tormenta fuera a desatarse en cualquier momento.
Panzer, la mandíbula encajada, recorrió con la mirada
el inmenso cuerpo de Fote, hasta detenerse en su rostro, tranquilo y confiado. De pronto, inesperadamente,
el rapado se echó a reír.

—¡Me gusta este tío! —exclamó, dirigiéndose a
sus compañeros—. ¡Los tiene bien puestos, sí señor,
bien puestos!

Fote sacudió la cabeza y volvió la mirada a un lado.
Víctor, íntimamente aliviado por el sorprendente de-
senlace de aquella situación, rió tontamente.

—Yo también los tengo bien puestos, Panzer

—dijo—. ¿Cuándo salimos de patrulla, eh tronco? A dar unas manos y todo eso, ¿eh...?

—Tú no eres de los nuestros —repuso Panzer, cruzándose de brazos—. No puedes acompañarnos.

—Pero quiero ser de los vuestros, hombre. De los vuestros.

Panzer sonrió con suficiencia.

—¿Y tu amigo? —preguntó—. ¿También quiere ser un *skin?*

Fote resopló despectivamente y se cruzó de brazos.

—Pero yo sí quiero —insistió Víctor—. Quiero, de verdad.

—Ser *skin* significa ser un guerrero, un soldado que lucha por su raza —dijo Panzer muy serio—. Ser *skin* significa partirles la cara a los *negratas* y a los indios.

—Para que se vayan a sus países de mierda —apuntó Osochema.

—Y dar de manos a los *yonquis* —prosiguió Panzer.

—Para que se metan las jeringuillas por el culo —sugirió Rommel.

—Y si hay que mojar la espada, se moja, y con un par, tío, con un par —-Panzer levantó el puño—. Eso es ser un *skin*, y vosotros sólo sois unos críos de mierda. Anda, largaos.

—No digas eso, Panzer, tío, no digas eso —Víctor parpadeó, nervioso—. A mí me *mola* vuestro rollo, de verdad, me *mola*. Yo también quiero ser un soldado, *joé*, como vosotros.

—Lárgate, chaval —dijo Panzer, volviéndose de espaldas.

49

—Pero...

—Vámonos, Víctor —Fote le cogió por el brazo—. Tú no necesitas a estos tíos.

Víctor parpadeó, decepcionado, y contempló los rostros hostiles de los rapados. Luego agachó la cabeza y comenzó a andar hacia la salida.

—¿De verdad quieres ser un soldado? —le contuvo Panzer en el último momento.

—¡Sí! —exclamó Víctor, los ojos repentinamente iluminados—. ¡Un soldado, sí!

Panzer meditó unos instantes.

—Entonces ven aquí la semana que viene —dijo—. Quizá te pongamos a prueba.

Víctor sonrió de oreja a oreja.

—¡Gracias! —dijo—. ¡Muchas gracias, Panzer! ¡*Joé*, eres un colega!

—Ya, ya —el rapado hizo un gesto de fastidio—. Pero lárgate de una vez, *pringao*.

Tras salir de la casamata, Víctor y Fote cruzaron los oscuros campos bajo la débil luz de las estrellas y se dirigieron despacio a una cercana urbanización.

—No me gusta esto —dijo Fote de mal humor.

—¿Por qué? Son guerreros, tío. Soldados, ¿no lo entiendes? Luchan por sus ideales.

Fote caminó en silencio durante unos segundos, luego se encogió de hombros y comentó:

—Pues a mí me parece que se les fue la mano con la maquinilla y se raparon el cerebro.

3. Las matemáticas del señor Spock

El avión transoceánico de pasajeros donde viajaba el asesino aterrizó en el aeropuerto de Madrid a primera hora de la mañana. Luna usaba en esta ocasión la identidad de Conrado Argumosa, un súbdito venezolano dedicado a la compraventa de café. Su falsa documentación pasó sin problemas la aduana y, poco después, Luna abandonaba el aeropuerto en un taxi que le condujo a un lujoso hotel situado en el centro de la ciudad.

Nada más instalarse en su habitación, el asesino efectuó, como estaba convenido, una llamada telefónica a la sede madrileña de la International Sugar & Grain Company, una empresa de capital norteamericano dedicada a la importación y exportación de productos agrícolas. Tras sortear una pequeña legión de secretarias, logró establecer comunicación con el Director de Compras, un tal Hugh Wyden, con el que concertó una cita para una hora más tarde. Luna deshizo su equipaje, se dio una ducha y se cambió de ropa; poco después salió del hotel en dirección a las oficinas de la Sugar & Grain Co., situadas en una zona industrial al oeste de la ciudad.

Al llegar allí, una amable recepcionista le condujo a una pequeña sala de reuniones y le dijo que el señor Wyden le recibiría inmediatamente. Cinco minutos más tarde la puerta se abrió, pero no fue el Director de Compras quien entró en la sala, sino Manuel Zárate, la mano derecha de don Aurelio Coronado.

—¿Ha tenido un buen viaje, señor Luna?

—Dormí durante todo el vuelo —asintió el asesino, sonriente—. No esperaba encontrarle aquí, Manuel.

—Me adelanté para preparar el terreno. Dentro de una semana llegarán Tacho y los demás —Manuel dejó sobre la mesa un maletín metálico, lo abrió y sacó de su interior un abultado sobre—. Esto es lo que me pidió —dijo—: cincuenta copias del retrato de Flor Huanaco y una lista de los lugares de Madrid más frecuentados por los inmigrantes sudamericanos. También hemos añadido esto —puso una nueva fotografía sobre la mesa—. Es Samara Quispe, la hija de Flor Huanaco. Vino con ella a Madrid.

Luna cogió la foto y contempló con suma atención el retrato de una joven de larga melena oscura, piel dorada y unos enormes y bellos ojos levemente rasgados.

—Una muchacha muy linda —comentó—. ¿Y el vehículo?

—Está en el aparcamiento —Manuel le entregó unas llaves—. Es una camioneta BMW, negra, sin ningún distintivo, como usted indicó. Y esto también es suyo —sacó del maletín una pistola y dos cajas de munición—: una beretta de nueve milímetros —dijo, entregándole el arma—. Tenga cuidado con eso, señor Luna. En este país las penas por tenencia ilícita de armas son muy severas.

—Lo sé, amigo mío. No sacaré a pasear este hierro más de lo necesario —el asesino guardó las fotos y los documentos y encajó la pistola en la parte trasera del cinturón—. En fin, creo que esto es todo.

—No, hay algo más: tendrá que presentarse aquí cada dos días para reportar de sus pesquisas. Es una orden del señor Coronado.

—¿De don Aurelio o de Tachito?

Manuel suspiró y se pasó los dedos por el bigote, atusándose las guías.

—Permítame darle un consejo, señor Luna —dijo en tono amistoso—: no cabree a Tacho. Mire, usted no le cae bien, y eso puede traer complicaciones.

—Tampoco a mí me gusta Tachito, Manuel. Pero tengo un trabajo que realizar y no quiero que me anden con vainas. No he venido aquí a hacer de niñera, así que cumpliré con mi trabajo y luego me iré.

—Usted lo ha dicho: va a trabajar para don Aurelio. Será un trabajo muy bien pagado y, como dicen en mi pueblo, no es sensato orinar en la fuente cuando se va a beber de ella. Tacho es un buen chico; quizá algo malcriado, pero un buen chico. Ahora está nervioso porque tiene a su cargo un gran negocio, y quiere demostrarle a todo el mundo lo duro que es. Báilele un poco el agua, hombre; ¿qué le cuesta?

Luna permaneció unos instantes pensativo.

—De acuerdo, Manuel —dijo finalmente—; le seguiré la corriente a Tachito —desvió la mirada—. Al menos, lo intentaré.

*   *   *

Pablo salió del colegio una hora antes de lo acostumbrado. Los alumnos del Programa Especial gozaban de algunos privilegios, entre los que se encontraba el poder disponer de cierta libertad en su tiempo de estudio; así que Pablo dijo que tenía que realizar unas consultas en la Biblioteca Nacional y solicitó permiso para abandonar las clases a mediodía.

En realidad, lo de la Biblioteca era una excusa. Pablo había hablado con Patricia a primera hora de la mañana y habían quedado en reunirse en casa de la muchacha a las cinco de la tarde para dar la primera clase de matemáticas. El problema es que Pablo estaba realizando un trabajo crítico sobre la demostración del último teorema de Fermat y aquellas clases particulares iban a quitarle demasiado tiempo. Tenía que compensarlo de alguna forma, de modo que se dirigió a su casa, comprobó que sus padres no estaban y se encerró en su cuarto con la intención de dedicarse de lleno al trabajo.

Apenas llevaba diez minutos enfrascado en el desarrollo de ciertos cálculos particularmente abstractos, cuando doña Flor, la nueva criada, entró en el dormitorio con un montón de ropa limpia y planchada en las manos.

54

—Hola, Pablito —le saludó la mujer, dejando la ropa sobre la cama—. Tu mamá me dijo que solías regresar más tarde de la escuela. ¿Qué pasó?

—Tengo que hacer un trabajo —contestó Pablo sin levantar la vista de sus papeles.

Doña Flor contempló por encima del hombro del muchacho el enigmático batiburrillo de ecuaciones.

—Parece chino, *m'hijito* —se echó a reír—. ¿Qué trabajo es ése?

Pablo levantó la mirada. Odiaba con todas sus fuerzas que le interrumpieran cuando estaba concentrado, así que frunció el ceño y dijo con cierta frialdad:

—Pierre de Fermat, un matemático francés del siglo diecisiete, propuso un teorema que nadie logró demostrar durante tres siglos. Recientemente, Wiles y su equipo encontraron la solución, y ahora yo estoy realizando un análisis crítico basándome en sistemas eulerianos y el álgebra de Hecke. Si es que consigo encontrar la tranquilidad necesaria para hacerlo. ¿Le parece bien?

—Ay, Pablito, yo no sé nada de eso —doña Flor se dirigió al armario y lo abrió—. Tu mamá ya me dijo que eras muy listo, más que los otros muchachos —sonrió con picardía—. Por cierto, quizá puedas ayudarme con algo que me preguntó mi abuelita Veneranda hace mucho tiempo: «Soy fea y arrugada, y a vivir sin ver la luz estoy acostumbrada. ¿Qué es?»

Pablo, que intentaba concentrarse de nuevo en sus cálculos, parpadeó desconcertado.

—¿Cómo...? —preguntó.

—¡La papa! —exclamó entre risas la mujer.

—¿La papa?

— Fea, arrugada y no ve la luz. La papa, la patata. Es una adivinanza, *m'hijito*; ¿no te enseñaron adivinanzas?

Pablo suspiró.

—Escuche, señora, la verdad es que estoy muy ocupado y...

—Disculpa, disculpa. Hablo mucho, ya me callo.

Doña Flor comenzó a guardar en silencio la ropa en los cajones del armario. Cuando terminó su labor, caminó hasta la puerta, pero antes de salir se volvió hacia el muchacho.

—Mi abuelita me preguntó otra cosa —dijo—. «¿Cuál será aquel animal que es doblemente animal?»

La mujer sonrió con inocencia y abandonó rápidamente la habitación. Pablo sacudió la cabeza y volvió a sus cálculos matemáticos, pero no tardó en comprobar que no lograba concentrarse.

¿Qué demonios era un animal doblemente animal...?

Media hora más tarde Pablo se dirigió a la cocina, donde encontró a doña Flor ocupada en cargar una lavadora.

—De acuerdo —concedió el muchacho—, me rindo.

—¿Cómo dices?

—La adivinanza, lo del animal. No he encontrado la respuesta.

—Ay —doña Flor suspiró—, no sabes cuánto lo siento; mi abuelita Veneranda nunca me lo contó. Serás tú quien tenga que averiguarlo —puso en marcha

56

la lavadora y sonrió—. Pero eres muy listo; seguro que pronto darás con la respuesta. Ahora, si no se te ofrece nada más, tengo muchas cosas que hacer y ando apurada. Hasta lueguito.

Pablo contempló pensativo cómo se alejaba la mujer.

Un animal doblemente animal... ¿Qué podía ser?

* * *

Al regresar al hotel, Luna se duchó de nuevo, durante largo rato, hasta que no quedó ni rastro de la costosa colonia que habitualmente usaba, ni de la loción para el afeitado, ni del desodorante. Luego se miró en el espejo y decidió que su corte de pelo resultaba demasiado elegante, así que cogió unas tijeras y dedicó los siguientes minutos a desigualarse el cabello, cortando mechones aquí y allá, sin poner mucho cuidado en evitar los trasquilones. Cuando concluyó tan extraña tarea, se aproximó al armario y escogió unas prendas muy especiales. No se trataba de ninguno de los trajes italianos o franceses que solía llevar, sino de una descolorida camisa con el cuello muy gastado, unos viejos vaqueros raídos por las rodillas y unas maltrechas deportivas. Contempló su imagen en el espejo del armario y cabeceó satisfecho: con aquellas ropas parecía un emigrante más de los muchos que pululaban por Madrid, un pobre *sudaca* de aspecto humilde e inofensivo.

Completó el disfraz con una anticuada cazadora, salió de la habitación y abandonó el hotel a toda prisa.

En realidad, su primera intención había sido comenzar las pesquisas al día siguiente, pero había algo en todo aquel asunto que no acababa de gustarle, así que decidió encaminarse sin más dilaciones hacia una céntrica plaza donde, según sus informes, los emigrantes sudamericanos solían reunirse. Cuanto antes comenzara el trabajo, antes lo acabaría.

Aunque —suspiró con resignación— lo difícil no iba a ser matar a Flor Huanaco, sino dar con ella.

* * *

—No lo entiendo —Patricia enarcó las cejas y repitió—: No lo entiendo.

Pablo exhaló una bocanada de aire y desvió la mirada. Se había presentado en casa de la muchacha algo cohibido —no podía olvidar que estaba reuniéndose con la chica más bonita del universo—, pero íntimamente convencido de que aquellas clases particulares de matemáticas iban a ser pan comido. A fin de cuentas, la geometría descriptiva era un tema bastante simple, algo que cualquiera podía comprender sin mucho esfuerzo.

Cualquiera menos Patricia Arroyo, como pronto comprobó.

—Pero si es muy sencillo —insistió Pablo—. Para situar un punto en el plano, necesitamos dos ejes de coordenadas, el ancho y el alto, pero para situarlo en el espacio necesitaremos tres, ancho, alto y profundo, formando ángulos rectos entre sí. Como el lugar donde dos paredes y el techo se unen.

Patricia contempló el rincón del dormitorio que señalaba Pablo y se encogió de hombros.

—Ya —dijo—. Pero, ¿eso para qué sirve? Quiero decir que no sé por qué me tengo que meter todo eso en la cabeza si jamás me va a servir de nada. Es difícil esforzarse en aprender algo tan inútil, ¿no?

Pablo consideró la idea de enumerar todos los aspectos técnicos y científicos que implicaban un profundo conocimiento de geometría descriptiva, pero desistió al comprender que aquello sólo contribuiría a aumentar la confusión de la muchacha. Respiró hondo y, sintiéndose considerablemente desanimado, paseó la mirada por el dormitorio. Sin duda Patricia era una chica ordenada; todo estaba en su lugar, limpio y aseado, con delicados y coquetos objetos de adorno aquí y allá. En una de las paredes podía verse una gran fotografía de Bono, el líder de U2, bajo la luz de los focos. A su lado, otro póster mostraba el rostro del señor Spock bajo una leyenda que rezaba: «Es ilógico, capitán». De pronto, un relámpago de inspiración destelló en las pupilas de Pablo.

—¿Te gusta *Star Treck?* —preguntó.

—Me chifla —repuso Patricia—. Es mi serie preferida.

—¿La serie antigua o la Nueva Generación?

—Bueno, las dos me gustan —la muchacha permaneció unos instantes pensativa—. Los efectos especiales de la Nueva Generación son buenísimos, pero la serie vieja tenía al señor Spock y al capitán Kirk... Y no es que Jean Luc Picard esté mal, ni Riker, ni Data, pero el señor Spock era fenomenal, y el capitán

Kirk, en fin, William Shatner estaba como un queso de joven.

—Fantástico. Pues presta atención —Pablo cogió el lápiz y comenzó a trazar unos esquemas sobre el cuaderno—. A causa del impacto con un meteorito, la nave *Enterprise* ha sido desviada a algún lugar del imperio Klingon y está a punto de ser atacada por naves hostiles. Lo más prudente es salir pitando de allí, pero el ordenador de a bordo está averiado y no pueden determinar su posición en el espacio, algo que, como todo el mundo sabe, es malísimo para dar un hipersalto. Por fortuna, el señor Spock conoce la vieja ciencia vulcaniana de la geometría descriptiva, de modo que traza las coordenadas del imperio Klingon y...

Patricia se inclinó hacia delante, escuchando con inesperado interés las explicaciones del muchacho.

Así que, después de todo, la descriptiva servía para algo...

*   *   *

La plaza se encontraba llena de emigrantes sudamericanos, en su mayoría ilegales, agrupados por nacionalidades y razas. Allí, junto a la fuente, se congregaban los dominicanos, bulliciosos y alegres; y más allá, los colombianos; y al lado de los columpios estaban los peruanos; y a su derecha, los mulatos cubanos y los negros venezolanos, reunidos en torno a un equipo de sonido portátil de cuyos altavoces surgían cumbias.

Luna se detuvo junto al quiosco de bebidas y paseó

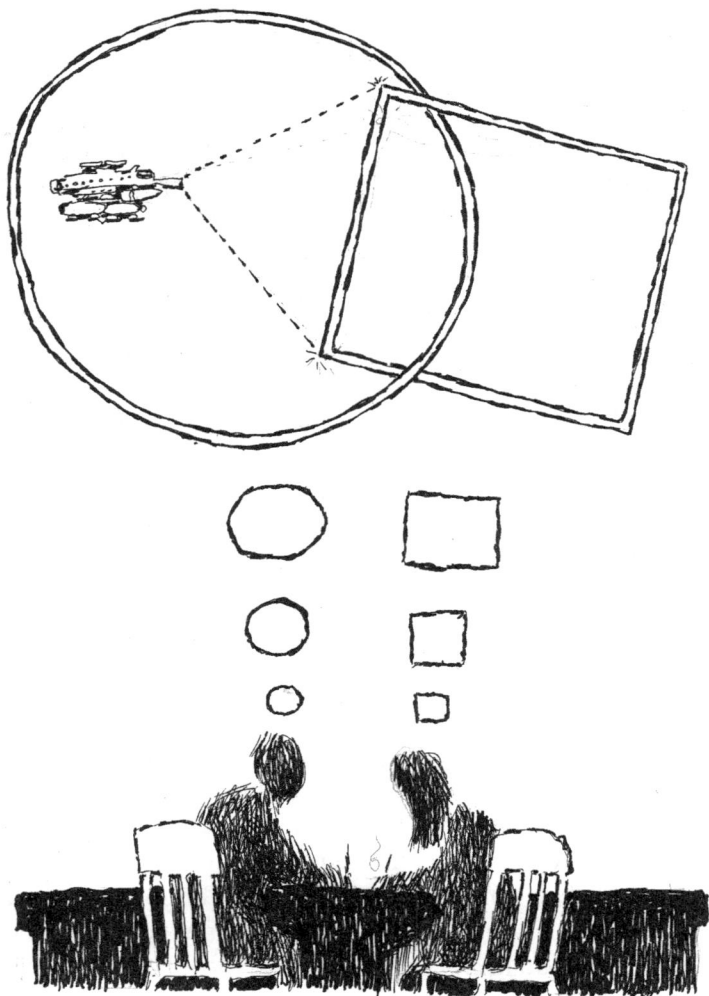

Patricia se inclinó hacia delante, escuchando con inesperado interés las explicaciones del muchacho.

la mirada por la plaza hasta fijarla en un anciano que permanecía solitario en un banco. Sus rasgos eran aimaras, aunque eso no quería decir nada; quizá no fuera boliviano, sino peruano o ecuatoriano. Pero no importaba, por algún sitio tenía que comenzar su búsqueda. El asesino adoptó una expresión de humilde mansedumbre y se aproximó al anciano.

—Buenas tardes, señor —dijo, simulando el acento boliviano—. ¿Me concedería licencia para unas palabritas?

—Claro, hijo —contestó el viejo—. ¿Qué se te ofrece?

—Pues verá, señor; resulta que recién vengo de Bolivia y estoy buscando a la tía de mi mujer —sacó una foto del bolsillo y se la mostró—. Se llama Flor Huanaco y no sé por dónde puede parar.

El anciano contempló la fotografía durante un buen rato.

—Lo siento, compadre —dijo finalmente—. Nunca la he visto.

—Vaya por Dios —le mostró una nueva foto—. Ésta es su hija, Samara Quispe...

—Tampoco la vi —el anciano sonrió—. Y me acordaría de una niña tan bonita.

Luna dejó caer la cabeza con desánimo.

—Qué desgracia —murmuró—. Tengo verdadero apuro por encontrar a la señora Huanaco, y no conozco la ciudad...

—Ah, no se me ponga triste, compadre —el anciano le palmeó la espalda—. Seguro que da con ella pronto. Mire, a tres cuadras de aquí hay una discoteca

62

donde se reúnen muchos bolivianos. Se llama El Topo, creo, y allí quizá le den razón de su señora tía.

Luna se despidió con un rosario de agradecimientos y parabienes y tomó el camino que conducía a la discoteca. El primer paso ya estaba dado, ahora sólo faltaba armarse de paciencia y seguir la madeja humana que, tarde o temprano, acabaría por conducirle a doña Flor Huanaco.

* * *

—Ya veo... —musitó Patricia, perpleja, contemplando los diagramas y fórmulas que llenaban el cuaderno; luego sus ojos se iluminaron y exclamó—: ¡Lo entiendo! ¿No es increíble? ¡Lo entiendo!

Pablo se recostó contra el respaldo de la silla y suspiró aliviado. Había tenido que inventarse toda una aventura de la nave espacial *Enterprise* para poder captar la atención de la muchacha, lo que le había supuesto un esfuerzo agotador (a él se le daban mucho mejor las matemáticas que la ficción). Pero había valido la pena, aunque sólo fuera por poder contemplar aquella expresión radiante en el rostro de Patricia.

—Bueno, ya te dije que era fácil —comentó.

—Sí que lo es, pero hasta ahora no me había dado cuenta —la muchacha sonrió como lo haría un ángel—. ¡Eres el chico más genial del colegio!

Repentinamente Patricia se abrazó a él y le besó varias veces en las mejillas. Un enjambre de sentimientos, en su mayor parte contrapuestos, zumbó en el estómago de Pablo, provocándole turbación, alegría, excitación, timidez, felicidad y desasosiego, todo al mismo tiempo, así como una variada gama de emociones para las que no tenía palabras, entre otras cosas porque se había quedado sin aliento. Durante unos eternos segundos sintió el contacto de los pechos de la muchacha apretados contra él, y su calor, y el perfume de su piel, y Pablo creyó escuchar sirenas de alarma resonando en sus glándulas, como una advertencia de la avalancha hormonal que se avecinaba.

Patricia se apartó de él y le contempló con fijeza.

—Oye —dijo con inesperada timidez—, no quiero ponerme pesada, pero... ¿crees que podrías seguir dándome clases?

Pablo contempló el rostro expectante de la muchacha. Era tan increíblemente bonita que sólo podía decir una cosa:

—Claro.

—¡Genial! —exclamó Patricia.

Y le besó fugazmente en los labios.

Pablo experimentó la sensación de flotar ingrávido unos cuantos centímetros por encima del suelo.

Por supuesto: aquello era absoluta y definitivamente genial.

4. Algunas cuestiones sobre el arte de la seducción

Bajo su falsa identidad de humilde emigrante, Luna recorrió durante una semana todos los lugares frecuentados por latinoamericanos, preguntando constantemente por el paradero de Flor Huanaco. Habló con cientos de personas, pero todo fue en vano: nadie había visto a aquella chola boliviana.

Exactamente siete días después de su llegada a Madrid, a primera hora de la mañana, el asesino recibió un mensaje de Manuel ordenándole que se presentara inmediatamente en las oficinas de la Sugar & Grain. Luna se dirigió allí sin pérdida de tiempo, pero, pese a la aparente urgencia de la orden, tuvo que esperar más de una hora en una de las salas de visitas de la compañía. Finalmente, cuando la paciencia del asesino comenzaba a trocarse en irritación, una sonriente secretaria fue a buscarle y le condujo a un enorme y lujoso despacho.

Y allí, indolentemente sentado en una butaca de

cuero escarlata, con los pies apoyados sobre un costoso escritorio de ébano, le aguardaba Tacho Coronado. Sus dos guardaespaldas se mantenían atentos unos pasos por detrás de él. Manuel Zárate permanecía sentado a su lado.

—¿Qué hubo, Lunita? —dijo el joven, sin levantarse—. Vaya aspecto de labriego que me traes. ¿Quién te cortó el pelo? ¿Un jardinero?

Tacho profirió una ruidosa carcajada a la que rápidamente se sumaron las risas de los guardaespaldas. Sólo Manuel permaneció en silencio, muy serio, con la mirada fija en el rostro del asesino.

—Este aspecto —dijo Luna en tono tranquilo— me ayuda a pasar inadvertido.

—¡Ah, claro! —exclamó Tacho, burlón—. Si frecuentas los estercoleros, ésa es, sin duda, la pinta adecuada —apartó los pies de la mesa y se incorporó, súbitamente serio—. Recién vengo de Caracas, Lunita, y tengo asuntos importantes entre manos, así que no puedo andarme con vainas. Ahora estábamos hablando de la seguridad de este lugar y me gustaría conocer tu opinión.

Llevó una mano al panel de mandos que había en el escritorio y pulsó un botón. La puerta del despacho se deslizó sobre sus carriles en medio del zumbido de un motor eléctrico.

—Una puerta blindada capaz de resistir el impacto de un obús. Los cristales también son blindados, pero lo mejor no es eso, Lunita —se aproximó al ventanal y señaló hacia la nave industrial que se alzaba junto al edificio de oficinas—. Ahí están los almacenes y las cocheras para los camiones. Como ves, hay una doble valla metálica rodeando el recinto. Nadie puede entrar, Lunita. Pero en el caso de que alguien lograra burlar las medidas de seguridad, todavía tenemos una sorpresa para él —sonrió como un zorro—. Ocultas en los almacenes, en las cocheras, en este mismo edificio, hay cargas explosivas, kilos y kilos de dinamita —se aproximó al escritorio y señaló un botón rojo protegido por una carcasa de plástico transparente—. Si aprieto este botón, todo volará por los aires al cabo de treinta segundos: ¡buuuuum! —simuló con las manos la onda expansiva de una explosión—. Y no quedaría ni rastro de lo que aquí pudiera haber —sonrió de nuevo—. ¿Qué te parece, Lunita?

El asesino se encogió de hombros.

—Un poco drástico, aunque supongo que resulta muy útil para eliminar pruebas comprometedoras. Sin embargo, yo no me sentiría tranquilo rodeado de explosivos.

—¿Te dan miedo las bombas, Lunita? —preguntó Tacho con ironía.

—Digamos que me inspiran cierto respeto —el rostro del asesino se endureció casi imperceptiblemente—. Pero supongo que no me habrás hecho venir hasta aquí para hablar de explosiones, ¿verdad?

—No, Lunita, no te he llamado para eso. Al salir de Caracas hablé con mi padre y me pidió que averiguase si ya diste con Flor Huanaco.

—Todavía no.

—¿Después de una semana aún no sabes dónde se oculta esa maldita chola? —Tacho enarcó las cejas y comenzó a pasear de un lado a otro del despacho mientras chasqueaba la lengua—. Eso no le va a gustar nada a papá.

—Hay más de cuatro millones de personas en Madrid. Llevará tiempo encontrar a esa mujer, si es que sigue aquí.

—¡No me vengas con *mamonadas,* huevón! —gritó el joven, súbitamente furioso—. ¡Se te paga, y se te paga muy bien, para que hagas tu trabajo, no para que te corras unas vacaciones a nuestra costa!

Luna contuvo el aliento y contó mentalmente hasta diez.

—Dije que cumpliría el encargo de don Aurelio —repuso en voz baja—. Pero no cuándo.

—Pues más te vale que sea pronto, *choludo* —Tacho se aproximó y clavó en él su mirada—. Mi papá piensa que eres muy macho, un matador de primera; pero yo no me trago eso. Se me antoja que no vales ni la mitad de lo que dicen —hizo una pausa—. No me gustas, Lunita —prosiguió—. Ni me gustan tus trucos con los dardos y el curare, ni tus modos de señorito, ni me gusta tu cara.

Luna permaneció unos segundos en silencio, con los ojos fijos en los de Tacho. Luego permitió que una sonrisa aflorara lentamente a sus labios.

—Si no te gusta mi cara —dijo—, ¿por qué me miras tanto?

Tacho encajó la mandíbula. Por un instante pareció que iba a explotar de nuevo, pero en el último momento apartó la mirada y se echó a reír.

—Estás de suerte, Lunita —dijo sin mirarle—. Mi

padre cree que eres bueno y yo tengo que ausentarme unos días por asuntos de negocios. Pero no pienses que me olvidaré de ti; cuando vuelva quiero ver a Flor Huanaco, aquí mismo. Así que apúrate, pendejo, si no quieres que me enfade.

El asesino se quedó inmóvil, escuchando impertérrito las risas cómplices de los guardaespaldas; luego se despidió con un cabeceo y abandonó el despacho con paso rápido. Mientras cruzaba los pasillos en dirección a la salida, Luna intentaba calmar la profunda irritación que le bullía en la boca del estómago. Habitualmente lograba mantener un gran dominio sobre sí mismo, pero había algo en todo aquel asunto que le ponía de muy mal humor.

El hijo de don Aurelio.

Tachito Coronado le sacaba de quicio.

*　*　*

—Hace tiempo que no charlamos, Pablo —dijo el doctor Mendizábal en tono amistoso—. ¿Cómo te va?

—Muy bien —contestó el muchacho con un encogimiento de hombros.

—Tienes buen aspecto, desde luego, y pareces contento. ¿Te ha sucedido algo especial?

Pablo desvió la mirada y la paseó, distraído, por los lomos de los libros que se agolpaban en la estantería del despacho. ¿Iba a hablarle al doctor de Patricia? No, ni loco. Además, ¿qué podía decirle? ¿Que le estaba dando clases a la chica más maravillosa del colegio, y que eso le hacía andar por las nubes? Ridículo. Patricia y él sólo eran amigos..., aunque lo cierto es que a Pablo le costaba olvidar el fugaz beso que, hacía una semana, la muchacha había depositado en sus labios. Pero eso no tenía importancia, por supuesto. ¿O sí la tenía?...

—No, no me ha pasado nada —contestó—. Todo va como siempre.

—Sin embargo, tus profesores dicen que has reducido el ritmo de estudio.

—Andaba un poco sobrecargado de trabajo y me estoy tomando un respiro, eso es todo.

El doctor Mendizábal esbozó una media sonrisa y contempló al muchacho con curiosidad.

—No has vuelto a preguntar por Benito Moreno —dijo al cabo de unos segundos—. El resto de los alumnos lo ha hecho, pero tú no.

Pablo contuvo el aliento. Era cierto; con todo aquel asunto de Patricia se había olvidado por completo de Beni.

—¿Cómo está? —preguntó, algo avergonzado.

—¿Benito? Muy bien, aunque sigue un poco deprimido. Este curso no regresará al colegio. De hecho, dentro de un par de semanas se irá de vacaciones a la costa. Necesita descansar.

—Me alegro de que esté bien —murmuró Pablo—. ¿Se le puede visitar?

—Por ahora no, pero puedes llamarle por teléfono —el psicólogo hizo una pausa—. ¿Seguro que no te ha ocurrido nada especial?

El muchacho desvió la mirada.

—Absolutamente nada —dijo, procurando que su

70

mentira sonara sincera—. Ya se lo he dicho, todo va como siempre.

Más tarde, cuando regresó al aula, Pablo se sentó junto a Gabriel, Laura y Guillermo. Los cuatro estaban colaborando en un trabajo sobre arte gótico y últimamente pasaban mucho rato juntos.

—¿Qué tal te ha ido con el *escarbacerebros?* —preguntó Gabriel.

—Me ha soltado el rollo habitual.

—Ah, sí: «¿Odias a tu padre?», «¿Sueñas con cosas tan raras que te da vergüenza despertarte?». Los psicólogos son tan estimulantes como ver crecer un geranio —Gabriel hizo una pausa y sonrió con ironía—. ¿Le has contado lo de tu «novia»?

—Gabi, no empecemos...

—¿No se lo has contado? —insistió Gabriel con fingida incredulidad—. Por favor, pero si es la historia de amor más romántica desde lo de Romeo y Julieta, o lo de la Bella y la Bestia, y no digo quién es quién.

—Gabi...

—Esas ardientes citas, todas las tardes, en el dormitorio de tu amada...

—Le doy clases de matemáticas. Nada más.

—Ya, ya —Gabriel guiñó un ojo—. Permíteme citar la *Biblia:* «Son tus labios una cinta de escarlata, tu hablar, encantador. Tus mejillas, como cortes de granada... Tus dos pechos, cual dos crías mellizas de gacela, que pacen entre lirios.»

—Gabriel Ventura —le interrumpió Laura—: eres un cerdo machista.

—¿Eh...? —Gabriel enarcó las cejas, sorprendido por la brusca reacción de la usualmente silenciosa muchacha—. Pero si es el Cantar de los Cantares...

—Pues Salomón también era un machista. Tú, Gabriel Ventura, te crees que las chicas guapas sólo son cosas bonitas que no valen más que para el sexo —Laura resopló y dio una patadita en el suelo—. Pero estás completamente equivocado. Patricia es una persona, una chica simpática que tiene problemas con los estudios, y Pablo está ayudándola.

Sobrevino un largo silencio. Gabriel miró a Pablo y se encogió de hombros, manifestando su muda perplejidad ante el malhumorado arranque de Laura. Guillermo, que hasta aquel momento se había mantenido al margen de la conversación, levantó la mirada del libro que estaba consultando.

—Parecéis cotorras —dijo con suficiencia—. ¿Por qué no dejáis de hablar y acabamos de una vez por todas este maldito trabajo de arte?

—Guillermo tiene razón —apoyó Pablo.

—El Capitán Vanidad siempre tiene razón —apuntó, burlón, Gabriel.

—Ja, ja, ja —musitó, hosco, Guillermo.

—Pero es verdad —insistió Pablo—. Vamos muy retrasados.

Laura, que en aquel momento estaba frente al ordenador, consultando el índice de un banco de datos de Internet, giró la cabeza.

—Si queréis —dijo—, nos reunimos en mi casa después de clase para seguir con el trabajo.

—Pues... —Pablo vaciló—. No puedo.

—El reverendo padre Pablo —apuntó Gabriel, muy serio— tiene que impartir esta tarde sus clases en el domicilio de la excelentísima y casta señorita doña Patricia Arroyo. ¿Estoy siendo lo suficientemente respetuoso?

Laura ignoró el sarcasmo de Gabriel y bajó rápidamente la mirada.

—No importa —dijo, con los ojos fijos en el teclado—. Sólo era una idea.

—Por cierto —dijo de improviso Pablo—, ¿alguien sabe qué animal es doblemente animal?

—Un animal que es doblemente animal... —Gabriel meditó unos instantes—. Ya lo tengo: ¡Guillermo!

—Ja, ja, ja —musitó de nuevo Guillermo.

—No, en serio —insistió Pablo—. Es una adivinanza —frunció el ceño—. Y no tengo ni idea de cuál puede ser la respuesta.

*   *   *

Como era su costumbre desde hacía una semana, el asesino se dirigió aquella tarde a la discoteca El Topo, un local decorado con motivos tropicales donde siempre sonaba música latina y cuyo público estaba casi enteramente compuesto por emigrantes latinoamericanos. A aquellas alturas, Luna no confiaba mucho en encontrar allí pista alguna que le condujera a la señora Huanaco —ya había mostrado su fotografía innumerables veces sin que nadie la reconociera—, pero de vez en cuando acudía a El Topo público nuevo, y eso significaba nuevas fuentes de información que el asesino no podía permitirse el lujo de descartar.

Llevaba casi dos horas sentado a la barra, consumiendo despacio una cerveza y pensando en marcharse para proseguir su búsqueda en otro lugar, cuando Luna advirtió que una desconocida entraba en la discoteca. Se trataba de una mujer joven, muy guapa, quizá colombiana o venezolana. Luna nunca la había visto por allí, pero ella parecía comportarse con la familiaridad de un cliente habitual. Mientras la mujer le pedía al camarero un cubalibre, Luna se aproximó a ella con una máscara de humildad cubriéndole el rostro.

—¿Me permite unas palabritas, doña?

La mujer —que se llamaba Susana— estuvo a punto de ahuyentar a aquel moscón con una frase desabrida, pero había algo en su expresión —un punto de tristeza y desamparo— que parecía negar la posibilidad de que estuviera intentando ligar.

—¿Qué se le ofrece? —respondió Susana.

—Verá, señorita, me llamo Luis Hernández y hace poco que vine de La Paz. Tenía que encontrarme en Madrid con la tía de mi mujer, doña Flor Huanaco, pero extravié su dirección y no sé por dónde para.

—Lo siento, *papito*: no conozco a ninguna Flor Huanaco.

Luna asintió débilmente, con una sombra de decepción en la mirada, pero sacó del bolsillo una fotografía e insistió:

—Quizá la haya visto en alguna parte...

Con el ceño fruncido, Susana contempló el retrato

74

durante varios segundos; de pronto, sus ojos se iluminaron.

—¡Sí que la he visto! —exclamó—. Fue hace unas semanas, cerca de la Casa de Bolivia; esa señora estaba hablando con mi amiga Gladis.

Las pupilas de Luna se dilataron. Sintió ganas de dar un grito de triunfo, pero se limitó a adoptar una expresión patéticamente esperanzada.

—¿Y por casualidad no sabría sus señas? —preguntó.

—Ay, no, *papito*, lo siento. Yo ni siquiera hablé con ella. Pero quizá Gladis pueda informarle.

—¿Y dónde podría encontrar a su amiga Gladis?

—No tiene que encontrarla. Ella vendrá aquí dentro de un rato, puede esperarla si quiere.

Luna sonrió agradecido.

—Bendito sea Dios —murmuró—. Aguardaré, claro que aguardaré.

—Descuide, compadre. Le avisaré cuando llegue.

Mientras regresaba a su asiento frente a la barra, el asesino experimentó algo muy parecido a lo que el tigre siente cuando, en lo más profundo de la selva, encuentra por fin el rastro de su presa.

* * *

Pablo comprobó el resultado del ejercicio que acababa de realizar Patricia y sonrió satisfecho.

—Perfecto —dijo—. Has logrado calcular la curva de entrada al planeta Vega III, y ahora Han Solo podrá salvar a Luke Skywalker de las garras de Darth Vader.

Cansado de las aventuras de la nave *Enterprise*, y tras averiguar que Harrison Ford le parecía a la muchacha «monísimo» («mucho más que William Shatner»), Pablo había decidido emplear los personajes de *La Guerra de las Galaxias* como soporte argumental de sus clases de matemáticas.

—Debo parecerte tonta —comentó Patricia, reclinándose en su asiento.

Pablo se volvió hacia la muchacha. Estaba guapísima, con su larga melena del color de la caoba derramándose sobre los hombros, y los ojos verdes fijos en él, y los pantalones ajustados en torno a... Pablo sacudió la cabeza.

—¿Tonta? —preguntó—. ¿Por qué? Estamos avanzando mucho.

—Sí, pero tienes que inventarte historias para que yo pueda comprender lo que me explicas. Es como si fuera una niña pequeña.

—Bah, eso es para que consigas concentrarte. Dentro de poco no necesitaremos las historias, ya verás. Y quítate de la cabeza eso de que eres tonta.

Patricia sonrió y se inclinó hacia delante. Los cabellos oscilaron hasta enmarcar su rostro, formando un óvalo perfecto.

—Eres genial, Pablo —dijo en voz bajita—. Y quiero hacer algo para agradecerte lo bien que te estás portando —sacó del bolsillo de la blusa un par de rectángulos de papel—. El próximo jueves actúa Dreadzone en Madrid y yo tengo dos entradas. ¿Quieres acompañarme al concierto?

Pablo se guardó mucho de decirle que no tenía ni

la menor idea de qué era Dreadzone, y tampoco le comentó que la mayor parte de sus músicos favoritos llevaban casi dos siglos muertos. Por el contrario, esbozó una sonrisa tonta, asintió enérgicamente con la cabeza y dijo:

—Sí, claro que sí, por supuesto. Es fantástico...

* * *

Gladis se presentó en la discoteca casi una hora más tarde. Susana, como había prometido, avisó inmediatamente a Luna, y éste repitió de nuevo su falsa historia, al tiempo que mostraba la fotografía de la señora Huanaco. Gladis, una boliviana de mediana edad, bajita y muy habladora, no dudó al reconocer aquel retrato.

—Es doña Flor —afirmó.

—Entonces, ¿la conoce? —preguntó Luna.

—Me la presentó mi amiga Marta hará cosa de tres semanas. Doña Flor recién había llegado de La Paz y andaba buscando trabajo, así que Marta me preguntó si sabía de algo, pero yo le dije que no, porque aquí las cosas están muy mal y...

—¿Pero tiene idea de dónde está ahora la señora Huanaco? —la interrumpió Luna.

—No, señor, no. Porque fue Marta quien le consiguió trabajo a doña Flor como mucama en una casa de las afueras, y yo no conozco sus señas, así que no puedo informarle...

—Disculpe la insistencia —volvió a interrumpirla el asesino—, pero ¿podría hablar con su amiga Marta?

—Ay, Jesús, me temo que no. La pobre Marta tuvo que volverse anteayer para Cochabamba, porque su papá se había indispuesto gravemente, y yo no sabría cómo ubicarla en Bolivia, porque donde vive su papá no hay teléfono, y...

—Perdone —la interrumpió Luna por tercera vez—: usted dijo antes que su amiga Marta le consiguió trabajo a mi tía en una casa de las afueras. ¿No tendría idea de por qué zona puede estar esa casa?

Gladis frunció el ceño y meditó unos instantes.

—Me dijo que era... —sacudió la cabeza, dubitativa—. Era algo así como «Las Vacas», pero no estoy segura.

—Aravaca —apuntó Susana, que había asistido en silencio a la conversación—. Un barrio situado al oeste de Madrid.

—¡Eso es! —exclamó Gladis—. ¡Doña Flor está en una casa de Aravaca!

—Allí hay una plaza donde se reúnen muchos emigrantes —prosiguió Susana—; sobre todo dominicanos. Quizá ellos puedan darle noticia de su tía.

Luna se mostró casi exageradamente agradecido, e insistió en invitar a las dos mujeres. Mientras abonaba las consumiciones no pudo evitar sentirse íntimamente satisfecho de sí mismo: en muy poco tiempo había logrado dar con el rastro de su objetivo. El círculo se estaba estrechando. No obstante, una duda le martilleaba en la cabeza: ¿cuántas casas había en Aravaca?

* * *

78

Si algo tenía claro Pablo es que estaba hecho un lío. Patricia le gustaba, no podía negarlo. Le gustaba mucho. Muchísimo. Eso, en sí, no era un problema (lo preocupante hubiera sido que no le gustase una chica tan inconcebiblemente guapa), pero ¿le gustaba él a ella? La respuesta a tal pregunta no era sencilla; a veces le parecía que sí y a veces, que no. En general el asunto se le antojaba enigmático. Pero ahora, de cara a su próxima cita —su primera cita auténtica—, ¿cómo debía comportarse? No tenía la menor experiencia en los juegos de la seducción, de modo que no sabía a ciencia cierta qué se suponía que tenía que hacer. ¿Debería rodearla con sus brazos y besarla, como en las películas? Pero, ¿y si le rechazaba? Se moriría de vergüenza, el suelo se abriría bajo sus pies y la tierra le tragaría, al tiempo que una voz admonitoria proclamaría lo ridículo de su comportamiento. No, mejor mantenerse amablemente distante. Aunque entonces quizá ella le considerase tímido y poco decidido, un ratón de biblioteca con horchata en vez de sangre corriéndole por las venas. Entonces, ¿qué demonios tenía que hacer?

Estaba claro que necesitaba consejo por parte de alguien con más experiencia que él, aunque lo cierto es que ninguno de sus amigos podía alardear de un currículum amoroso particularmente abultado. Tras meditar un buen rato, Pablo decidió que sólo podía recurrir a una persona: a su padre (que, a fin de cuentas, era un hombre casado, ¿no?).

Al llegar a casa, Pablo escuchó el amortiguado sonido del violín surgiendo del cerrado despacho de su padre. Ricardo era un famoso concertista y debía practicar diariamente con su instrumento, de modo que en la familia existía el tácito acuerdo de que, mientras se escuchara música en el despacho, nadie, bajo ningún concepto, podía entrar allí.

Pablo mandó al infierno aquel tácito acuerdo y entró a la carrera en el despacho.

—¿Puedo hablar contigo, papá?

Ricardo, de pie junto al atril que sostenía la partitura, permaneció unos instantes con el arco del violín suspendido en el aire.

—Estoy trabajando —dijo—. ¿No puedes dejarlo para más tarde?

—Sólo será un momento —insistió Pablo.

Ricardo suspiró y depositó el violín sobre el escritorio.

—¿De qué quieres hablar?

—Pues... —el muchacho vaciló—. Bueno, se trata de las chicas...

—¡Las chicas! —Ricardo enarcó las cejas y tomó asiento, invitando a su hijo con un gesto a hacer lo mismo—. Las chicas son un tema complicado —prosiguió—. Creo que debería haber tenido una charla contigo hace tiempo. ¿Sabes lo de las flores y las abejas?

—Claro, papá. Pero no es eso.

—¿Entonces?

—Bueno, es sobre... —Pablo no estaba muy seguro de cómo debía enfocar el tema—. ¿Qué es lo que hay que hacer para que una chica...? O sea, imagina que yo quisiera conquistar... Aunque *conquistar* no es la

Si algo tenía claro Pablo es que estaba hecho un lío. Patricia
le gustaba..., pero...

palabra adecuada... Pero supón que hay una chica especial y yo...

—¡Estás enamorado! —exclamó su padre, sonriente.

—No, no. Se trata de una cuestión puramente teórica.

Pablo se interrumpió al advertir que Amelia entraba en el despacho.

—¿Has terminado, querido? —la mujer se sorprendió al ver a su hijo—. ¿Ya has llegado? No estarás molestando a tu padre, ¿verdad?

—Pablo está enamorado —le informó Ricardo.

—No es·verdad... —protestó Pablo.

—¿Enamorado? —Amelia contempló a su hijo con el ceño fruncido—. Aún eres muy joven para esas cosas. Ahora lo único que tiene que preocuparte son los estudios.

—Pero si no estoy enamorado...

—Mejor así —Amelia se volvió hacia su marido—. He hablado con el doctor Arriaga, mi jefe, ya sabes, y ha dicho que no hay problema. Si consigo plaza en el seminario, podré acompañarte a Barcelona.

—¿Os vais a ir? —preguntó Pablo.

—Vaya, qué cabeza la mía —Amelia suspiró—; me olvidé de decírtelo. Tu padre actúa la semana que viene en Barcelona, y resulta que las fechas coinciden con un seminario sobre el Acelerador de Partículas Europeo que organiza la Universidad Politécnica de Cataluña, así que hemos pensado ir juntos.

—Sólo serán unos días —apuntó Ricardo.

—¿Cuándo os vais? —preguntó Pablo.

—El lunes que viene —Amelia se dirigió a la salida—. Pero no te preocupes, doña Flor cuidará de ti —se detuvo junto a la puerta—. Por cierto, ¿qué os parece la nueva criada? Una joya, ¿verdad? —frunció el ceño—. Lo único raro es que no quiere tener días libres. Dice que le basta con salir un par de horas todas las tardes. Extraño, ¿no? —se encogió de hombros y, mientras se alejaba del despacho, añadió—: Aunque, claro, supongo que eso es asunto suyo.

—Bueno —dijo Ricardo, cruzándose de brazos—. Estábamos hablando de mujeres. ¿Qué quieres saber?

—No sé... —Pablo hizo un gesto vago—. ¿Cómo hay que comportarse con ellas?

—Oh, de forma natural. Aunque no excesivamente natural, por supuesto. Digamos que hay que actuar con fingida naturalidad. Si una chica te interesa, debes comportarte como si no te interesara, aunque dándole a entender que, en determinadas circunstancias, podría llegar a interesarte.

—Vaya, eso parece complicado.

—Sí que lo es; mucho —Ricardo se rascó la cabeza—. También puedes intentar despertar en ellas su instinto maternal, pero corres el riesgo de que te tomen por un pesado. O ir de tipo duro; a ciertas mujeres les gustan los tipos duros.

—Me parece que yo no soy un tipo duro...

—No, claro. Bueno, olvídate de eso. Lo importante es ser siempre simpático, aunque no conviene pasarse de simpático, porque te pueden tomar por un payaso. Y romántico, eso es infalible. A las mujeres les encantan los hombres románticos, pero sin caer en la cursilería, por supuesto.

—Ya —Pablo enarcó una ceja—. ¿Tú cómo conquistaste a mamá?

—Bueno, tu madre se enamoró de mí cuando me escuchó tocar el violín. ¿Ves?, eso es romántico; a las mujeres les encantan los artistas. Tú tocabas bastante bien el chelo cuando eras pequeño. Hiciste mal en dejarlo.

—Vamos, papá, no puedo ir por ahí cargando con un chelo y dándoles serenatas a las chicas —Pablo respiró profundamente y dejó caer la cabeza—. No sé, dices que hay que hacer cosas y, al mismo tiempo, no hacerlas. Es como dar un paso adelante a la vez que se da otro atrás. No tiene sentido.

—Los asuntos del corazón no suelen tener mucho sentido —Ricardo suspiró—. Mira, cuando te llegue el momento, sabrás lo que hacer. Limítate a seguir tus instintos y todo irá sobre ruedas —se incorporó—. Y ahora, si no te importa, tengo que seguir practicando.

Pablo abandonó el despacho de su padre sumido en un estado de confusión aún más pronunciado que cuando entró. ¿Cómo narices iba a seguir sus instintos si sus instintos estaban tan liados como él mismo?

—Hola, Pablito —dijo la voz de doña Flor a su espalda.

El muchacho se dio la vuelta y murmuró un saludo. Durante unos segundos contempló cómo la mujer colocaba en su sitio los objetos de plata que acababa de limpiar. ¿Y si le preguntaba a ella?, pensó Pablo repentinamente. A fin de cuentas, doña Flor era una mujer y podría ofrecerle un punto de vista interesante.

Sacudió la cabeza; no, eso era una mala idea. ¿Qué podía saber aquella pobre señora acerca del amor?

¿Amor...? Pablo pensó que aquélla era una palabra muy grande, demasiado, así que la ahuyentó cambiando radicalmente de tema.

—Eh, doña Flor —dijo—. Ya he encontrado la respuesta a su adivinanza.

La mujer sonrió mientras depositaba un cenicero sobre la mesa.

—Pues tú dirás, *m'hijito*...

—La oruga —respondió, ufano, Pablo—. Porque se convierte en mariposa.

—Ya veo... —doña Flor meditó unos instantes—. Pero en la escuela me dijeron que, cuando la oruga se transforma en mariposa, sigue siendo el mismo animal, ¿no? —hizo una pausa y añadió—: Un solo animal con dos formas distintas, y no dos animales, así que ésa no puede ser la respuesta, Pablito.

Doña Flor sonrió de nuevo y abandonó el salón camino de la cocina.

5. Encuentro en el callejón

En el barrio de Aravaca había casi dos mil casas, en su mayor parte viviendas unifamiliares rodeadas por pequeños jardines. Eso, por supuesto, complicaba notablemente las cosas; era más fácil hacer averiguaciones en los edificios de apartamentos, donde siempre hay un portero a quien preguntar y los miembros de la comunidad se conocen entre sí. La abundancia de chalés favorecía el anonimato.

Luna pasó toda la mañana recorriendo el barrio; en realidad se trataba de un pueblo anexionado a Madrid, con una amplísima zona residencial rodeándolo. Por las calles deambulaban numerosos emigrantes latinoamericanos, sobre todo muchachas de servicio y trabajadores manuales, pero Luna no habló con ninguno de ellos. De hecho, el asesino había vuelto a cambiar de aspecto: ahora llevaba el pelo muy corto, como si fuera un militar, y de nuevo vestía sus habituales ropas de confección italiana.

Con los ojos ocultos tras unas negras gafas de sol, sentado en un banco de la plaza, Luna contempló con aire distraído el ir y venir de la gente. Ya no podía mostrar la fotografía de Flor Huanaco de modo indiscriminado; si llegaba a oídos de la mujer que alguien estaba preguntando por ella, huiría, y Luna no podía arriesgarse a perder su rastro, ahora que estaba tan cerca.

No, tenía que utilizar otros métodos más discretos, como vigilar las oficinas de correos, los mercados o las paradas de autobús. Desgraciadamente eso no podía hacerlo solo, así que no le quedaba más remedio que recurrir a los hombres de Coronado, aunque aquello, a decir verdad, era algo que no le hacía ninguna gracia. Luna era un lobo solitario y no le gustaba depender de nadie, entre otras muchas cosas porque en nadie confiaba.

Pero no tenía otro remedio; él solo no podía vigilar todo un barrio. Se puso en pie y comenzó a pasear sin rumbo fijo, internándose por las estrechas y solitarias calles que atravesaban las múltiples colonias de chalés. Había demasiados muros, pensó, demasiado anonimato. Si Flor Huanaco decidía encerrarse en una de aquellas viviendas, dar con ella iba a ser una labor difícil. No obstante, trabajando como sirvienta, en algún momento tendría que salir de su escondite para hacer alguna compra, o para echar una carta, o para dirigirse al centro de la ciudad. Entonces caería en la red. Pero para eso hacían falta muchos ojos, pensó Luna de mal humor, muchos vigilantes recorriendo las calles.

Si él pudiera disponer de sus propios hombres,

hombres que no actuaran a sueldo de los Coronado, hombres a los que pudiera manejar...

Súbitamente, los ojos del asesino se posaron sobre una inscripción toscamente pintada en la valla de piedra que rodeaba uno de los chalés. Se trataba de una cruz celta, con dos palabras escritas en la parte inferior: *SKIN HEADS*. Cinco esvásticas completaban el *graffiti*.

Luna, sin apartar la vista de la pintada, sonrió.

Cabezas rapadas.

Sí, eso era exactamente lo que necesitaba.

*   *   *

—Esta noche es la noche, tío —dijo Víctor muy excitado.

—¿De qué estás hablando? —preguntó Fote.

—De Panzer y sus troncos, tío. ¿Es que no te acuerdas? Hoy nos pondrán a prueba.

Fote torció el gesto y desvió la mirada. Se encontraban en los campos de deportes del colegio, justo detrás de las pistas de baloncesto. Supuestamente tenían que estar jugando en aquel mismo momento, pero Víctor sostenía la opinión de que el deporte era una actividad de niñatos, así que se negaba en redondo a tocar tan siquiera un balón.

—Yo no voy a ir —afirmó Fote.

—¿Qué dices, tío? Pero si es una oportunidad única. Tienes que acompañarme, hombre...

—A mí no me va ese rollo, Víctor. Esos tipos son una pandilla de fascistas con menos seso que pelo.

—Qué va, hombre, qué va. Son soldados, tíos valientes que están dando la cara por nosotros, *joé*, por nuestra raza.

—¿Sí...? Pues no creo que haga falta mucho valor para dar palizas a unos pobres inmigrantes.

—Indios y *negratas*, tío. Y no son inmigrantes, sino invasores.

—No voy a ir —insistió Fote, sacudiendo la cabeza.

Los ojos de Víctor se ensombrecieron. Él y Fote eran amigos desde hacía muchos años; se habían conocido en el colegio, en la época en que Fote era el chico más impopular de la clase. Debido a su enorme tamaño, solía ser el blanco favorito de las burlas de sus compañeros, y aquello le convirtió en un muchacho solitario y hosco. Nada más conocerle, Víctor comprendió que el desmesurado cuerpo de Fote acabaría por transformarse en un buen montón de músculos, y que aquellos músculos le podrían servir más adelante para defenderse de quienes, ocasionalmente, pudieran poner en entredicho su liderazgo, así que comenzó a frecuentar a Fote. Poco después, ambos se convirtieron en una pareja tan inseparable como temida por el resto de sus compañeros.

—Creía que éramos amigos, tío —dijo Víctor tras una larga pausa—. Creía que nos guardábamos las espaldas el uno al otro, pero ya veo que no, que te rajas cuando más te necesito.

—Venga, Víctor, no te pongas así...

—¿Y cómo me voy a poner, *joé?* Es muy fácil ser colegas cuando todo va bien, pero la amistad se demuestra en los momentos chungos.

—Pero tú no tienes por qué liarte con esos rapados. Si vas es porque quieres.

—Voy con ellos porque creo en sus ideales, tío, porque me gusta su rollo y quiero ser un soldado, ¿vale? Y lo único que te pido es que me acompañes esta noche, porque me van a poner a prueba y necesito que estés ahí para echarme una mano si hace falta. Y no creo que sea pedirle demasiado a un amigo... si es que eres mi amigo, claro.

Fote frunció el ceño y se pasó una mano por la nuca.

—De acuerdo —concedió a regañadientes—, iré contigo. Pero no pienso meter las narices en vuestros puñeteros rollos *fachas*, ¿de acuerdo?

—¡Eso es ser un colega, tío! —exclamó Víctor palmeándole la fornida espalda.

Luego desvió la mirada y sonrió de oreja a oreja, satisfecho.

Siempre le había resultado muy fácil manejar a Fote.

* * *

Pablo aprovechó un descanso entre las clases, justo cuando el aula del Programa Especial se encontraba medio vacía, para hablar con Laura, que en aquel momento estaba acabando de introducir unos datos en el ordenador.

—Oye, ¿tienes un momento? —dijo mientras tomaba asiento junto a la muchacha.

—Claro —contestó Laura, apartando las manos del teclado—. ¿Qué quieres?

—No es nada importante... —Pablo parpadeó varias veces—. Sólo que, verás, tengo una duda y..., en fin, quizá tú pudieras...

El muchacho manoteó, como si quisiera dar forma al aire, perdió la mirada entre los pupitres y enmudeció.

—¿Te pasa algo? —preguntó Laura, tras varios segundos de silencio.

—No, qué va —Pablo carraspeó—. Mira, imagínate que un chico quisiera salir contigo y que quedaras con él para ir a un concierto. Supón que ese chico te gusta; ¿qué esperarías de él?

Los ojos de Laura se iluminaron por un instante.

—No sé —dijo, esbozando una sonrisa—, supongo que no esperaría nada en especial.

—Ya, pero ¿qué te gustaría que hiciese?

—Pues que fuese amable y simpático.

—Sí, claro, pero..., en fin, me refiero a otra cosa. O sea, que, si el chico te gusta y es vuestra primera cita, quizá esperases que él tomara la iniciativa... Quiero decir que, a lo mejor, te gustaría que el chico te..., bueno, que te besara.

Laura bajó la mirada.

—No lo sé —sonrió con timidez—. Supongo que depende de quién fuera el chico. ¿Por qué lo preguntas?

—Oh, no, por nada... —Pablo resopló—. Bueno, sí, es por algo. Mira, Laura, somos amigos y yo estoy hecho un lío, y a lo mejor tú puedes ayudarme. Mañana por la noche estoy citado con Patricia y no sé cómo comportarme.

—¿Patricia? —la mirada de la muchacha se oscureció.

—Sí, esa chica de cuarto a la que le estoy dando clases. La verdad es que me gusta mucho, pero no estoy seguro de gustarle a ella, así que no sé si debo intentar..., en fin, ya sabes, hacer algo. Y como tú eres una chica, bueno, tu opinión sería muy importante para mí.

La expresión de Laura se volvió repentinamente seria. Apartó la mirada.

—No tengo ninguna opinión —dijo en tono neutro—. Haz lo que quieras.

—Pero lo importante no es lo que quiera yo, sino lo que quiera ella.

—Pues entonces pregúntaselo a ella.

—Pero...

—Ah, si está aquí el gran Casanova —dijo Gabriel, que acababa de entrar en el aula—. ¿Qué pasa, Romeo? ¿No te conformas con la bella Patricia y estás conquistando a nuestra Laura?

La muchacha se incorporó bruscamente al tiempo que fulminaba con la mirada al recién llegado.

—Eres un imbécil, Gabriel Ventura —dijo con voz trémula de ira—. Y tú también, Pablo Sousa. ¡Y podéis iros los dos a la mierda!

Laura apretó los puños, frunció los labios y salió del aula dando un portazo. Gabriel se volvió hacia Pablo.

—¿Qué le pasa? —preguntó perplejo.

Pablo enarcó las cejas y se encogió de hombros.

—No tengo ni la menor idea... —murmuró.

*   *   *

A media tarde, como siempre hacía, doña Flor solicitó permiso para ausentarse un par de horas. La madre de Pablo se lo concedió, por supuesto, aunque no pudo evitar preguntarse, una vez más, qué demonios hacía aquella mujer todos los días a la misma hora.

Pasaban diez minutos de las seis cuando doña Flor, tras comprobar desde la ventana que no había nadie en el exterior, cruzó la puerta y se encaminó calle abajo, con pasitos rápidos y cortos, y un gran bolso de cuero bamboleándose en su costado. No había recorrido más de cien metros cuando abandonó la calle principal y se internó por la miríada de callejuelas que salpicaban la urbanización.

Doña Flor era consciente del gran riesgo que corría con aquellas salidas. Lo más probable es que ya estuvieran buscándola, pero tenía que salir —eso formaba parte del plan—, de modo que desistió de tomar el autobús, eludió las vías más concurridas, abandonó el asfalto y se dirigió campo a través hacia su lugar de destino.

Tardó casi una hora en llegar y, cuando lo hizo, ni se le pasó por la cabeza aproximarse al edificio. Por el contrario, se ocultó en un bosquecillo situado a unos trescientos metros de distancia, sacó del bolso unos prismáticos, se los llevó a los ojos y ajustó el enfoque. A través de las lentes pudo contemplar la imagen ampliada del cartel que había en lo alto de la fachada principal: International Sugar & Grain Company.

Hacía un buen rato que la jornada laboral había concluido, así que las instalaciones de la compañía se encontraban desiertas, a excepción del guardia uniformado que vigilaba la verja de entrada. Doña Flor se sentó en el suelo y apoyó la espalda contra el tronco de un árbol. Sus negros ojos permanecían fijos en el edificio con la intensidad de un ave de presa.

Durante casi media hora nada ocurrió, pero al cabo de ese tiempo un guardia de seguridad procedió a abrir la puerta principal, franqueando el paso a cuatro individuos vestidos con trajes oscuros que se dirigieron hacia un Mercedes situado en el aparcamiento. Súbitamente alerta, doña Flor contempló a través de los binoculares los rostros de los integrantes de aquel grupo. Dos de ellos tenían el aspecto rudo y coriáceo de los guardaespaldas. Al tercer individuo jamás lo había visto.

Pero al cuarto hombre lo conocía muy bien.

Era Manuel Zárate, la mano derecha de Aurelio Coronado.

Doña Flor encajó la mandíbula y contempló cómo aquel hombre y sus acompañantes entraban en el automóvil, cruzaban la barrera de seguridad y partían velozmente en dirección al centro. Luego guardó los prismáticos en el bolso y abandonó el bosquecillo camino de la urbanización. Igual que había hecho anteriormente, procuró eludir las vías más frecuentadas, pero esta vez se concedió una pequeña licencia: cuando faltaban un par de kilómetros para llegar a la casa, abandonó el sendero y se dirigió a una cabina telefónica situada en una pequeña glorieta, junto a la carretera principal. Descolgó el auricular, introdujo unas monedas en la ranura y marcó un número.

—¿Hola? —contestó una voz familiar al otro lado de la línea.

—Samara, soy yo.

—¡Mamá! ¿Ha pasado algo? ¿Estás bien?

—Pierde cuidado, hijita, no ha ocurrido nada. Pero ahora no puedo entretenerme contigo, porque estoy fuera de la casa.

—¡Pero eso es muy peligroso!

—No te apures, mi amor, nadie me ha visto y ya voy de regreso. Sólo quería decirte que he visto a Manuel Zárate. Ellos están aquí, ¿comprendes, hijita? Ya falta poco.

Una pausa. Cuando habló, la voz de Samara sonaba triste.

—Tengo miedo, mami —dijo—. Me moriría si te pasara algo...

—Ay no, mi amor, no te apenes —doña Flor tragó saliva para estrangular las lágrimas que pugnaban por aflorar a sus ojos—. Todo saldrá bien, ya verás, y dentro de poco estaremos juntas de nuevo.

Pero antes, pensó, tenía que acabar con el reinado de terror de Aurelio Coronado, uno de los hombres más malvados y poderosos del mundo.

* * *

Salieron al caer la noche. Eran siete. Panzer, Toni, Osochema, Rommel y Cóndor marchaban delante, entre un tintineo de cadenas, los cráneos rasurados y las punteras de su botas desprendiendo destellos metálicos; Víctor iba inmediatamente detrás, con los ojos dilatados de excitación y el amargo regusto de la adrenalina en la boca; Fote caminaba más retrasado, como si la proximidad de aquel grupo de rapados supusiera un peligro de infección.

Al entrar en el pueblo varias figuras corrieron a ocultarse entre las sombras. «Nos temen», pensó Víctor, alborozado. Aquello le gustaba a rabiar, le hacía sentirse importante, porque únicamente los hombres importantes son capaces de provocar miedo con su sola presencia.

—Eh, pringado —le llamó Osochema—: me han dicho que tu piba está como un queso.

—Sí —reconoció Víctor, orgulloso—, está muy buena.

—Ya, pero también me han dicho que últimamente se la ve mucho con un mierdecilla del colegio. ¿Es verdad?

—Bah —Víctor torció el gesto—, sólo es un niñato que le está dando clase de matemáticas.

—¿Seguro? —intervino Panzer—. Yo en tu lugar andaría con ojo —se echó a reír—; no vaya a ser que, entre logaritmo y logaritmo, tu *tronca* te tenga con más cuernos que el perchero de un vikingo.

—No, tío —repuso Víctor vagamente molesto—. Mi piba besa por donde yo piso.

—Todas las tías son unas guarras —sentenció Panzer—. Hay que atarlas corto o se te suben a la chepa.

Prosiguieron su camino en silencio, acompañados

por el sordo taconear de las botas. Apenas había gente por las calles y los pocos peatones que encontraron a su paso siguieron de largo con un brillo de temor en la mirada. Al poco llegaron a la plaza de Aravaca donde solían reunirse los emigrantes. Estaba desierta.

—Alguien ha dado el *queo* —dijo Rommel.

—Y se han abierto como conejos —asintió Toni.

—¡Malditos indios de mierda! —masculló Panzer, decepcionado—. Ahora tendremos que ir a buscarlos...

El sonido de unos pasos cercanos le interrumpió. Panzer volvió la cabeza hacia la plaza y vio a un hombre que abandonaba las sombras de un portal y caminaba tranquilamente hasta detenerse bajo el haz de luz de un farol. No era demasiado alto, vestía un elegante traje negro, llevaba el pelo muy corto y en sus labios flotaba una amable sonrisa.

—Buenas noches —dijo y su acento era nítidamente latinoamericano—. ¿Seríais tan amables de seguirme?

El desconocido echó a andar hacia una de las calles laterales, pero se detuvo al advertir que los rapados permanecían inmóviles.

—¿Qué hacéis ahí parados? —preguntó—. ¿Os doy miedo?

—Ese *sudaca* está chalado —murmuró Cóndor.

—Vamos a darle unas manos, tíos —sugirió alegremente Víctor.

Pero Panzer no dijo nada. Había algo raro en todo aquello...

—Venga, no tengo toda la noche —insistió el desconocido—. Es imposible que seáis tan huevones como parecéis. Anda, calvitos, seguidme.

Los rapados intercambiaron miradas de desconcierto mientras el hombre giraba a su izquierda y se introducía en una estrecha calleja.

—Será gilí el indio-mierda... —murmuró Toni.

—Ese callejón donde se ha metido no tiene salida —apuntó Osochema—. Podemos darle unas leches a gusto, tíos.

—Vale —murmuró Panzer con el ceño fruncido—, vamos a por él. Pero tened cuidado: puede ser una encerrona.

Los rapados corrieron hacia el callejón. Se detuvieron unos segundos para comprobar si había alguien emboscado: pero allí sólo se encontraba el desconocido, tranquilamente sentado sobre unas maderas.

—Habéis tardado en decidiros —dijo éste—. En fin, ahora que estáis aquí, ¿hablamos de negocios?

—Te vamos a *fostiar*, capullo —gruñó Osochema, ajustándose unos nudillos de acero.

—Estás muerto, indio —añadió Panzer, mientras una cadena ondulaba en su mano derecha como una serpiente metálica.

El desconocido suspiró y se puso en pie con agilidad.

—De acuerdo —dijo—; primero jugaremos un ratito, luego hablaremos de negocios.

Panzer evaluó con recelo la despreocupada actitud del desconocido: ¿por qué no tenía miedo si ellos eran siete y él sólo uno? Pero en su calidad de líder del grupo estaba obligado a dar el primer paso, así que

98

profirió un grito y se abalanzó contra el hombre haciendo girar la cadena por encima de la cabeza.

Todo sucedió muy rápido, demasiado velozmente como para poder precisar los detalles. El desconocido no empleó artes marciales, al menos ninguna conocida, pero su respuesta al ataque de los rapados no pudo ser más letal. Esquivó tranquilamente el cadenazo, giró sobre sí mismo y golpeó con el puño en la garganta de Panzer, que se derrumbó instantáneamente sobre el suelo, boqueando como un pez fuera del agua. Osochema intentó conectar un puñetazo, pero el desconocido lo bloqueó con facilidad, al tiempo que descargaba su codo contra el rostro del *skin head*, cuya nariz se rompió en medio de un surtidor de sangre. Toni y Cóndor atacaron a la vez desde los flancos, pero una feroz patada en la entrepierna y un directo al plexo solar dejaron a los dos rapados fuera de combate. Entre tanto, una navaja automática chasqueó en la mano de Rommel mientras su brazo describía un amplio arco en dirección al estómago del desconocido. Éste eludió el navajazo y lanzó dos golpes consecutivos al mentón del *skin*. Rommel se derrumbó inconsciente y su navaja rebotó en el suelo con un repiqueteo metálico.

La pelea duró apenas diez segundos y, cuando concluyó, había cinco cuerpos contusionados sobre el suelo. Víctor, que ni siquiera había tenido la oportunidad de entrar en combate, contemplaba la escena inmóvil, con un profundo desconcierto brillando en su mirada. Fote, a unos metros de distancia, permanecía expectante. El desconocido se volvió hacia Víctor.

—¿Tú no vas a pelear?

Víctor sacudió la cabeza; el hombre miró a Fote:

—¿Y tú, gigantón?

—Yo sólo peleo si él pelea —contestó Fote, señalando a Víctor con un cabeceo.

—Muy bien —el desconocido se acomodó de nuevo sobre las maderas—. Entonces esperaremos a que vuestros amigos se recuperen.

Osochema fue el primero en reaccionar. Con el rostro y el pecho cubiertos por la sangre que manaba de su rota nariz, y los ojos bañados en lágrimas, trastrabilló mientras se incorporaba e hizo amago de echar a correr, pero el desconocido le contuvo sacando del bolsillo una negra pistola. Ni siquiera le apuntó con ella, se limitó a mostrarla, pero el rapado se inmovilizó al instante. Unos minutos después se unieron a él los restantes *skin heads*, salvo Rommel, que permaneció inconsciente sobre el suelo; todos ellos jadeaban y gemían quedamente, contemplando aterrorizados el arma de fuego.

—Bueno, se acabó el juego —dijo el desconocido—. Ahora hablaremos de negocios. Me llamo Luna; ¿quién es vuestro jefe?

Panzer avanzó un paso.

—Yo... —dijo con voz ronca; la garganta le dolía a causa del golpe.

—De acuerdo, muchachito, presta atención: estoy buscando a una mujer. Es una boliviana llamada Flor Huanaco y debe de trabajar en alguna casa de este barrio. Quiero que vosotros me ayudéis a encontrarla. Para ello deberéis patrullar la zona, pero discreta-

El desconocido no empleó artes marciales..., pero su respuesta al ataque de los rapados no pudo ser más letal.

mente, sin las ropas de milicos que lleváis y con gorras para que no se os vean esos cocos pelados que tenéis por cabeza. Cuando la encontréis, no haréis nada, salvo seguirla para averiguar dónde vive. Luego me llamaréis por teléfono —Luna sonrió—. Imagino que os estaréis preguntando: «¿por qué tenemos que hacer eso?» Pues por dos razones: la primera porque, si no me obedecéis, volveré para haceros daño..., pero daño de verdad, no la bobada de ahora. En segundo lugar, porque si encontráis a esa mujer os daré como recompensa medio millón de pesetas. ¿De acuerdo?

Los rapados se miraron entre sí, aturdidos. Panzer asintió vigorosamente.

—Lo que usted diga... —musitó.

—Muy bien —Luna le entregó al *skin* una foto de Flor Huanaco—. Ésta es la mujer que tenéis que buscar —extrajo de un bolsillo un puñado de billetes—. Y esto son veinticinco mil pesetas para vuestros gastos. En el dorso de la fotografía figura mi teléfono. Empezad a buscar mañana mismo y no perdáis un segundo en llamarme cuando la encontréis —guardó la pistola—. Ha sido un placer charlar con vosotros. Buenas noches.

Luna se dirigió tranquilamente a la salida. Pese a que ya no empuñaba el arma, ninguno de los rapados intentó nada contra él. Por el contrario, se apartaron dócilmente, franqueándole el paso sin atreverse tan siquiera a mirarle. Al cabo de unos segundos de tenso silencio, Osochema se aproximó a la boca del callejón y oteó la plaza.

—Se ha ido —dijo.

Los rapados se removieron, nerviosos.

—Será cabronazo... —murmuró Toni.

—Qué hijo puta el matón ese... —añadió Cóndor, resoplando.

—¡Vale ya, *joé!* —ordenó roncamente Panzer—. Venga, despertad a Rommel y ahuequemos de aquí.

Tras guardarse el dinero en el bolsillo, el rapado arrugó con furia el retrato de Flor Huanaco y lo tiró al suelo.

—Eh, ¿qué haces? —exclamó Víctor señalando la foto—. Ese tipo nos dará medio kilo si la encontramos.

—¿Tú estás grillado o qué? —repuso Panzer—. ¿Es que no has visto que tenía una *pipa?* El tío ese es un profesional, tronco, un gorila, y yo no pienso meterme en líos.

—Pero va a darnos medio kilo, Panzer, y eso es mucha pasta.

—¿Sí? Pues busca tú a la guarra esa.

—No trabajamos para *sudacas* de mierda —afirmó dignamente Osochema.

—Pues ese *sudaca* de mierda te ha puesto colorado el morro, pelado —intervino Fote, burlón.

—Porque me cogió por sorpresa, tío, que si no...

Rommel, que acababa de recuperar el conocimiento, se incorporó trabajosamente y sacudió la cabeza.

—¿Le hemos dado de manos a ese indio...? —preguntó aturdido.

—¡Cállate, *joé!* —exclamó malhumorado Panzer—. Venga, vamos a abrirnos de una vez.

Los rapados abandonaron el callejón a toda velocidad, procurando eludir las zonas más iluminadas de la plaza. Fote se acercó a Víctor, que permanecía inmóvil con la vista fija en la arrugada fotografía, y le dijo:

—Ésos son tus valientes soldados. En cuanto alguien les planta cara, salen corriendo con el rabo entre las piernas.

—Me han decepcionado, tío —musitó Víctor—. Tenías razón: esos *pelaos* son unos mierdas.

—Mejor que te des cuenta ahora. Anda, vámonos.

Pero Víctor, en vez de seguir a su amigo, se agachó, recogió del suelo la fotografía y la alisó cuidadosamente.

—¿Qué haces? —preguntó Fote—. No pensarás meterte en más líos...

Víctor contempló en silencio, fijamente, el retrato de Flor Huanaco.

—Es medio kilo, tío —dijo al fin—. Y por medio kilo yo encontraría hasta al fantasma de Napoleón.

6. Cita nocturna

Pablo pasó la mañana del jueves sumido en tal estado de nerviosismo que apenas logró prestar atención al transcurrir de las clases. Sus pensamientos no hacían otra cosa que dar vueltas y más vueltas en torno al concierto de esa noche, temiendo y ansiando a la vez que llegara aquel momento. Al acabar las clases se encontró con Patricia y quedó en su casa a las nueve. El concierto no empezaba hasta las diez y media, pero la muchacha sugirió que podrían comer algo antes, idea que a Pablo le pareció perfecta.

Más tarde, al llegar a casa, se encontró con que sus padres habían salido. Doña Flor le comentó que no volverían hasta muy entrada la noche, cosa que a Pablo también le pareció fenomenal, porque así se ahorraba el tener que dar explicaciones acerca de su salida nocturna.

Pablo pasó gran parte de la tarde decidiendo qué ropa iba a ponerse. Tenía que ser algo informal, por supuesto, pero también elegante. Y, desde luego, debería hacerle parecer mayor (no olvidemos que Patricia tenía un año más que él). Tras múltiples pruebas y combinaciones, Pablo se decidió por unos vaqueros, una camisa de lino blanco y una americana negra. Y precisamente estaba comprobando su aspecto en el espejo del armario, cuando doña Flor entró en el dormitorio con un montón de ropa recién planchada en las manos.

—Pero Pablito, qué lindo se te ve —dijo la mujer—. Luces como una estrella de cine; ¿adónde vas?

—Eh..., voy a estudiar a casa de un amigo —consultó su reloj: eran las ocho y media—. Y se me hace tarde. Tengo que darme prisa.

Doña Flor guardó en una cómoda la ropa mientras observaba de reojo cómo Pablo se lavaba los dientes y se ponía colonia. Luego siguió al muchacho hasta la puerta de salida.

—Me voy, doña Flor —dijo Pablo—. Probablemente llegaré tarde.

—Aguarda un momento, Pablito —la mujer se aproximó a un jarrón lleno de rosas, escogió la más bonita y se la entregó al muchacho—. Toma —dijo—, llévale esto.

Pablo contempló con desconcierto la flor.

—Pero...

—Shhh... —doña Flor le guiñó un ojo—. Seguro que a tu «amigo» le gusta.

*　　*　　*

106

Aquel mismo día el asesino había alquilado una casa. Se trataba de un chalé situado a medio camino entre Aravaca y la sede de la Sugar & Grain, una vivienda relativamente aislada donde su presencia y actividades podrían pasar inadvertidas.

Más tarde el asesino recorrió todos los supermercados y tiendas de alimentación de Aravaca haciéndose pasar por un funcionario de la embajada de Bolivia. Como es lógico, no preguntó directamente por Flor Huanaco, sino que dijo estar buscando a una supuesta Florinda Chambi a causa de cierta herencia; eso, en teoría, le permitiría averiguar, sin levantar sospechas, si alguna boliviana se había establecido recientemente en el barrio. Pero sus pesquisas no dieron fruto alguno: nadie sabía nada de una nueva sirvienta.

Luna se sintió algo defraudado por este fracaso, pero no pudo evitar que un relámpago de admiración le cruzara por la cabeza. La señora Huanaco no sólo se la había jugado al poderoso Coronado, sino que además sabía esconderse muy bien. Sin duda esa mujer tenía tantos redaños como inteligencia.

Por supuesto, aún quedaba la opción de los *skin heads*. Quizá ellos pudieran dar con la señora Huanaco, aunque Luna no confiaba mucho en ello: aquellos rapados no parecían capaces de encontrar nada, aunque lo tuvieran delante de las narices. En cualquier caso, si el lunes no se había producido alguna novedad, llamaría a Manuel Zárate para solicitar la colaboración de su gente.

A última hora de la tarde el asesino tomó un taxi que le condujo al hotel donde aún se alojaba (el recién alquilado chalé estaba destinado a otros fines; por ejemplo, a ocultar a una persona secuestrada). Por el camino se cruzaron con numerosos grupos de jóvenes que parecían caminar en la misma dirección. El taxista, un hombre avejentado y gruñón, dijo que un grupo de melenudos iba a dar un concierto en un campo de fútbol y que todos los gamberros de la ciudad se habían dado cita allí.

Por unos instantes Luna pensó que sería agradable poder asistir a aquel concierto de rock, sin tener que preocuparse de la esquiva Flor Huanaco o del insidioso Tacho Coronado. Pero, suspiró, tenía un trabajo que hacer y eso ahora era lo único importante.

* * *

Patricia estaba más guapa que nunca, lo que, en alguien como ella, significaba una belleza espectacular. Llevaba el pelo recogido en una cola de caballo y se había maquillado justo lo necesario para realzar aún más sus grandes ojos verdes. Vestía una minifalda roja, y un breve *top* de idéntico color que dejaba al descubierto su cintura. Pablo se quedó con la boca abierta al verla salir de la casa; apenas consiguió balbucear un saludo y tampoco logró decir nada coherente cuando le entregó la rosa. Patricia le agradeció el regalo con una sonrisa (que iluminó el atardecer) y con dos besos (que convirtieron en mantequilla las piernas del muchacho).

Cenaron en una hamburguesería y luego se dirigieron al estadio de fútbol donde iba a celebrarse el concierto. El lugar estaba atestado por un público bullicioso, en su mayor parte formado por muchachos muy jóvenes, que seguían ruidosamente la recién iniciada actuación de los teloneros, un grupo de Madrid llamado *Banda Armada*. Patricia insistió en invitar a Pablo a una cerveza, y éste se guardó muy mucho de señalar que no bebía, de modo que siguió a la muchacha a través de la muralla de cuerpos que se agolpaban en torno a la barra del bar y aceptó, sin formular objeción alguna, el enorme vaso de plástico lleno de un líquido ambarino y espumoso que puso delante de él un diligente camarero.

La cerveza sabía asquerosamente amarga, pero Pablo se las arregló para no torcer el gesto mientras bebía. A decir verdad, al cabo de cuatro o cinco tragos el sabor se volvía aceptable, y sus efectos —cierta debilidad en las rodillas y una progresiva sensación de euforia— distaban mucho de resultarle del todo desagradables.

A las once y media aparecieron en escena los componentes del grupo Dreadzone. La muchedumbre rugió de placer mientras oleadas de sonido surgían de la aparatosa batería de altavoces, como una galerna de música electrónicamente amplificada. Patricia profirió un gritito de alegría y, tomando de la mano a Pablo, prácticamente le arrastró hasta la abarrotada superficie de hierba que se extendía frente al escenario. Una vez allí, la muchacha comenzó a moverse siguiendo el ritmo de la música, algo que provocó en Pablo una notable desazón.

Él no sabía bailar.

Patricia no tardó en darse cuenta de esto. Aprovechando el relativo silencio que se produjo entre dos canciones, se inclinó hacia Pablo y le preguntó:

—¿No te gusta?

—¿El qué?

—El concierto. Estás ahí tan quieto que parece que te aburres.

—Oh, no, me encanta. Lo que pasa es que..., en fin, que no sé...

—¿Bailar? ¿No sabes bailar, es eso?

El muchacho asintió, algo avergonzado; Patricia se echó a reír.

—¡Pero si ahora nadie sabe bailar! —exclamó—. Lo único que hay que hacer es seguir el ritmo de la música. Mira...

Aprovechando el comienzo de una nueva canción (esta vez una balada más lenta que los anteriores temas), Patricia levantó los brazos y comenzó a mover las caderas y los pies al compás de la melodía.

—Vamos, haz lo mismo que yo —le invitó, con una sonrisa.

Pablo tragó saliva un par de veces y luego intentó imitar los movimientos de la muchacha. Pero un fenómeno extraño bloqueó sus esfuerzos: si se concentraba en mover las caderas, los pies se descordinaban, y si entonces prestaba atención a sus pies, las caderas perdían el ritmo. Al cabo de unos segundos cada una de las partes de su anatomía parecía obstinarse en llevar la contraria a la melodía.

—¡No, no, no! Así no —rió la muchacha—. Estás agarrotado; lo que tienes que hacer es soltarte.

110

—Ya lo intento, demonios —masculló Pablo, sonrojándose—. Pero no es tan sencillo...

—De acuerdo, vamos a hacer una cosa: tú me estás enseñando matemáticas, así que yo te enseñaré a bailar. Ven, agarrados será más fácil —Patricia rodeó con los brazos el cuello de Pablo—. Todo lo que tienes que hacer es dar vueltas despacito y mover un poco las caderas, ¿vale? Tú sígueme.

Cuando Pablo, apretado contra el cuerpo de la muchacha, se puso a girar siguiendo la música, el mundo entero ya daba vueltas y más vueltas a su alrededor. El perfume de Patricia, su calor, el tacto de su piel, todo aquello era como un licor embriagador que volvía ligera la noche y llenaba de luces mágicas y aromas exóticos cada rincón del estadio. Durante poco más de un minuto, el tiempo que duró aquella lenta balada, Pablo creyó estar deslizándose por un océano de nubes, como una gaviota suspendida entre el cielo y el mar, y al final, cuando la melodía desgranaba sus últimas notas, sintió la imperiosa necesidad de besar a la muchacha, pero algo —la timidez, la vergüenza— pareció bloquear sus emociones, como un muro conteniendo una inundación. Sin embargo, justo en el momento en que la fuerza de su deseo estaba a punto de derribar los últimos obstáculos, la balada concluyó y dio paso a una acelerada canción. Patricia se apartó de él y comenzó a saltar y a bailar con toda su atención centrada en el escenario, y Pablo se sintió en cierto modo defraudado, como si una ocasión única se hubiese desvanecido.

El concierto concluyó a la una y media de la madrugada. Patricia y Pablo abandonaron el estadio y se dirigieron, paseando lentamente, a la parada del autobús. Comentaron las incidencias del recital, y hablaron de música, de sus gustos y de sus aficiones. Por el camino, la muchacha compró un par de latas de cerveza y se las bebieron despacio mientras esperaban el autobús, que, por ser un servicio nocturno, tardó casi media hora en llegar. Durante el trayecto, camino de Aravaca, Pablo le comentó a ella su propósito de estudiar Exactas y Física, para dedicarse luego a la investigación. Ella le confesó su secreta esperanza de convertirse en modelo y viajar por todo el mundo y salir en las portadas de las revistas, y él le dijo que con toda seguridad lo conseguiría, porque era una muchacha preciosa.

Al llegar al final de la línea Pablo insistió en acompañar a Patricia a su casa, y juntos se internaron por las débilmente iluminadas calles que cruzaban las colonias de chalés, caminando ahora en silencio, como si de pronto no hubiera nada más que decir. Pablo notaba un cosquilleo en el estómago y una leve sensación de mareo, producto, sin duda, de las cervezas que, por primera vez en su vida, había bebido; pero, además, se sentía extrañamente excitado, como si algo muy importante fuese a suceder de un momento a otro.

—Ya hemos llegado —dijo Patricia.

—Es verdad... —Pablo, abstraído en sus pensamientos, no se había dado cuenta de que se encontraban frente a la casa de la muchacha—. Bueno, muchas gracias por la invitación.

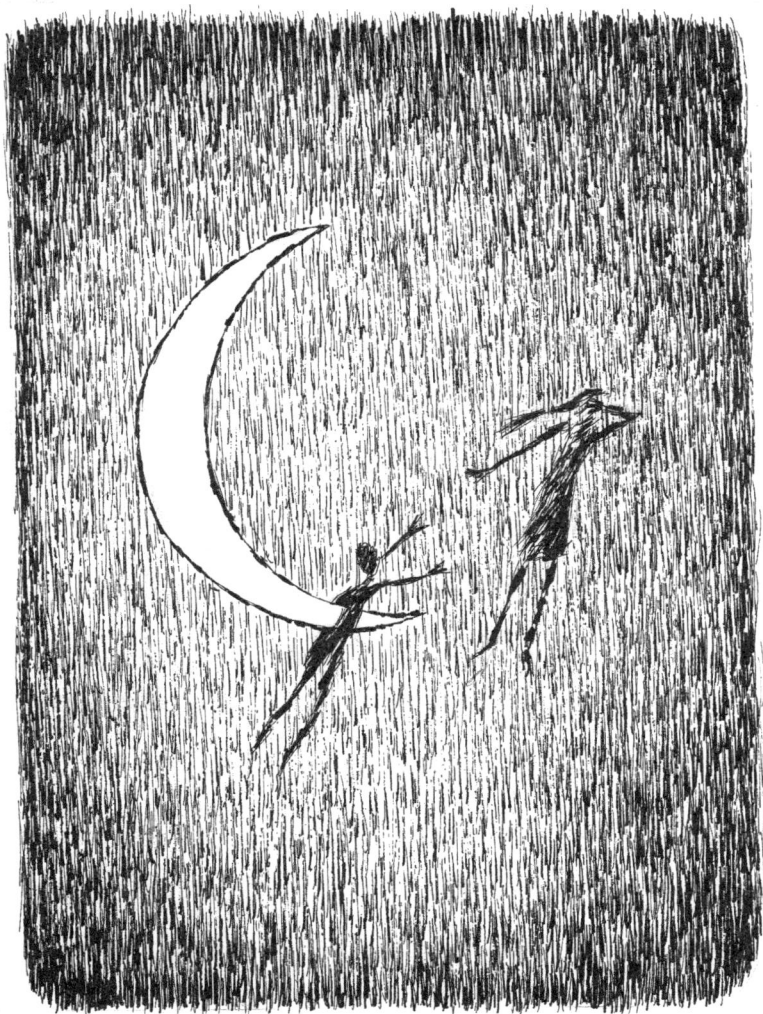

Quizá fue la Luna, que brillaba redonda en el cielo, o el
influjo de la primavera...

—Gracias a ti. Ha sido una noche genial; ¿te lo has pasado bien?

—Sí, sí. Ha sido fantástico.

—Me alegro —la muchacha sonrió—. En fin, nos veremos mañana en el colegio. Buenas noches.

Patricia se inclinó hacia delante para despedirse de Pablo con un par de besos. Y entonces ocurrió.

Quizá fue la Luna, que brillaba redonda en el cielo, o el influjo de la primavera, con su aroma a flores y a miel flotando en el aire, o, más probablemente, los efectos de la cerveza. Fuera como fuese, Pablo se dejó llevar por la cálida sensación de euforia y abandono que parecía brotar como un torrente de su interior, y rehuyó la mejilla que le ofrecía la muchacha; buscó sus labios, y la besó con fuerza, estrechándola entre sus brazos, y...

Y algo marchaba condenadamente mal.

Porque Patricia, lejos de responder al beso, se había quedado muy quieta, con los labios apretados y el cuerpo rígido. Pablo dejó de besarla y parpadeó desconcertado. Ella se apartó unos pasos y sacudió la cabeza.

—Esto es un error —dijo, el rostro repentinamente serio—. Tú y yo somos amigos, nada más.

—Pero... —Pablo notó cómo el rubor enrojecía sus mejillas—. Creí que...

—Escucha, salgo con otro chico, pensaba que lo sabías... —la muchacha frunció el ceño—. Supongo que la culpa es mía; debo de haberte dado a entender algo equivocado, perdóname —simuló una sonrisa mientras abría la puerta y entraba en la casa; luego añadió—: Lo mejor será que olvidemos esto, ¿vale?

Pablo vio con horror que la puerta se cerraba y deseó que un rayo cayera del cielo y le fulminara, que un camión de gran tonelaje surgiera de la oscuridad para aplastarle contra el asfalto, que la tierra se abriera bajo sus pies y se lo tragara. En definitiva, deseó ser otra persona, no estar allí en aquel momento.

Luego bajó la cabeza y, sintiéndose el individuo más ridículo del universo, comenzó a caminar lentamente hacia su casa.

7. El yatiri

Pablo durmió muy mal aquella noche. Por la mañana se despertó con un intenso dolor de cabeza y el estómago revuelto, así como embargado por una terrible sensación de vergüenza y bochorno. Los problemas físicos se solucionarían con unas aspirinas y un par de Alka Seltzer, pero el asunto de la vergüenza iba a ser más complicado de resolver.

¿Cómo se le había ocurrido besar a Patricia? ¿Cómo se le había pasado por la mente que una chica tan maravillosa pudiera sentir algo por un cretino como él?

—¿Te pasa algo, Pablito? —preguntó doña Flor.

—Nada, que he dormido poco y tengo sueño —contestó Pablo que, sentado a la mesa de la cocina, intentaba dar cuenta del desayuno.

La mujer frunció el ceño y le dirigió una mirada escéptica, así que el muchacho se apresuró a cambiar de tema:

—¿Y mis padres?

116

—Ayer llegaron más tarde que tú y todavía no se han levantado. ¿Seguro que no te pasa nada?

—Claro —el muchacho fingió una sonrisa—. Estoy perfectamente.

Pero Pablo distaba mucho de encontrarse ni tan siquiera bien. En realidad se sentía rechazado, herido, ridículo y avergonzado, pero eso no era lo peor; lo realmente malo era que tenía que ir al colegio, y allí se encontraría con Patricia, y no sabría qué decirle.

Pablo llegó al Alberto Magno con algunos minutos de retraso —para no correr el riesgo de toparse con la muchacha— y no abandonó el aula en toda la mañana, aunque tampoco consiguió prestar mucha atención a las clases. De hecho, pasó la mayor parte del rato intentando encontrar alguna excusa que justificase su comportamiento con Patricia. Quizá podría decirle que todo había sido una broma (pero eso sonaba aún más ridículo), o que había sufrido un ataque de locura (demasiado melodramático), o que un supuesto hermano gemelo le había suplantado la noche anterior (demasiado increíble). Tras mucho rato de reflexión, decidió que lo mejor que podía hacer era decir la verdad: la cerveza se le había subido a la cabeza y le había hecho perder el control. Aunque, claro, no tenía por qué decirle la verdad ese mismo día, así que se las arregló para abandonar el aula con unos minutos de antelación, recorrió rápidamente los vacíos pasillos y salió del colegio convencido de que nadie le había visto.

Estaba equivocado.

Víctor Muñoz se encontraba indolentemente sentado en las escaleras de salida, fumando un furtivo cigarrillo y sintiéndose vagamente malhumorado. Había decidido saltarse la última clase, la de literatura —él pasaba mucho de esos rollos—, así que llevaba un buen rato esperando a que el timbre sonara y Patricia se reuniera con él, cuando advirtió la presencia de Pablo. Una negra nube se cernió al instante sobre su ya de por sí tormentoso carácter; arrojó al suelo la colilla y se interpuso en el camino del muchacho.

—Tú eres Pablo Sousa, ¿verdad? —dijo en tono nada tranquilizador.

Pablo levantó la mirada sobresaltado y tragó saliva. Víctor no sólo era dos años mayor que él, sino que también era mucho más grande y mucho más fuerte, y, para colmo de males, parecía realmente enfadado, así que Pablo hizo lo único que en aquellas circunstancias podía hacer: boqueó un par de veces, parpadeó con nerviosismo y se quedó mudo.

—¿Sabes?, he oído por ahí algo muy, pero que muy feo —prosiguió Víctor—. Creo que anoche intentaste meterle mano a mi chica, ¿es cierto?

—¡No! —exclamó Pablo sacudiendo la cabeza—. Ni siquiera la toqué, te lo juro... Fuimos al concierto y... yo sólo... sólo...

—¿Tú sólo qué? —Víctor avanzó un paso, amenazador—. Le echaste un *morreo,* ¿no? Querías darte el lote con mi novia, ¿verdad? —clavó el dedo índice de su mano derecha en el esternón del muchacho—. Pues escúchame bien: no se te ocurra volver a ponerle una mano encima a Patricia; ni siquiera hables con ella, ni la mires. Es mi chica y como me mosquee te voy a par-

118

tir la cara, niñato de mierda. ¿Está claro? —tras una tensa pausa, Víctor se dio la vuelta y comenzó a alejarse, pero de pronto pareció cambiar de idea—. ¿Tú por qué crees que Patricia ha estado saliendo contigo, eh? —dijo mientras volvía sobre sus pasos—. ¿Por tu cara bonita? —profirió una risotada sarcástica—. Los de «la República» os creéis muy listos, ¿verdad? Pensáis que sois más inteligentes que la puñeta, pero sólo sois una pandilla de capullos. Patricia salió contigo porque se lo pidió ese loquero que han contratado para que no se os vaya la olla.

Pablo se quedó con la boca abierta. Desde el interior del edificio llegó el sonido del timbre que marcaba el final de las clases, pero él ni siquiera se dio cuenta.

—¿Qué dices...? —musitó.

—Lo que oyes, atontado. El doctor Mendizábal habló con Patricia y le dijo que tú tenías problemas de adaptación, o no sé qué leches, y que ella podía ayudarte haciéndose amiga tuya —se echó a reír—. Por eso mi chica salió contigo, *pringao*, porque le dabas pena.

Algo ocurrió en el interior del cerebro de Pablo. Fue como si un relé saltara, como si sus pensamientos se disolvieran en medio del chisporroteo de un cortocircuito mental, y de improviso dejó de percibir otro sonido que no fuera la risa de Víctor. Ni siquiera se dio cuenta de que los alumnos comenzaban a salir del colegio y apenas percibió cómo el miedo que hasta aquel momento había sentido se trocaba, repentinamente, en furia.

—Eso es mentira... —murmuró.

—No lo es, capullo. Los de «la República» estáis como cabras, y tú eres el más chiflado de todos. No sabrías enrollarte con una tía ni aunque te dieran un manual de instrucciones. Lo que pasa es que Patricia va de buena por la vida y te ha sacado a pasear, y tú, mierdecilla, ¡te has creído que le gustabas! ¿No te das cuenta, imbécil, de que una tía como Patricia jamás se enrollaría con un monstruo como tú?

—No soy un monstruo... —musitó Pablo, los puños apretados.

—Sí que lo eres. Un monstruo patético.

Pablo sólo veía ahora el rostro arrogante de Víctor, como si estuviera proyectado en una gran pantalla de cine y, de improviso, un velo rojo cubrió su mirada y sintió cómo la ira hervía en su estómago, y deseó con todas sus fuerzas golpear aquella cara burlona. Entonces perdió el control y, profiriendo un grito, se abalanzó contra Víctor.

Pero Víctor no sólo era más grande y más fuerte que él, sino que además estaba acostumbrado a pelear, de modo que eludió con facilidad sus torpes puñetazos y le conectó un directo al ojo. Pablo se derrumbó sobre el suelo, pero volvió a levantarse inmediatamente —no sentía dolor, sólo furia— y se lanzó de nuevo contra Víctor, que respondió a su ataque con un feroz puñetazo, esta vez en la nariz.

Pablo cayó de rodillas. Ahora sí que le había dolido; las lágrimas cegaban sus ojos y la sangre se derramaba como jarabe caliente sobre su cara y su pecho. Aun así, el muchacho se incorporó de nuevo, tambaleante, e intentó encararse con Víctor, pero alguien surgió de entre el grupo de jóvenes que se había congregado a su alrededor y le sujetó por los hombros.

—No sigas —dijo el desconocido—. Te va a matar.

Pablo se enjugó las lágrimas con la manga de la camisa y contempló el rostro inexpresivo de Fote.

—¡Déjame! —gruñó el muchacho, intentando liberarse.

—Eso, déjale —dijo Víctor, hinchando el pecho como un pavo—. Ese crío quería sacudirme y necesita una lección.

Fote ignoró las bravuconadas de su amigo y le dijo a Pablo en voz baja:

—Es mucho más fuerte que tú. Nadie va a considerarte un cobarde si te vas —Pablo intentó revolverse, así que Fote le sacudió por los hombros—. ¿No dicen que eres muy listo? —preguntó—. ¡Pues lárgate de una vez!

Pablo permaneció unos segundos inmóvil, conmocionado, hasta que, de pronto, la furia se esfumó, convirtiéndose en un dolor interno, sordo y triste. Se apartó con suavidad de las manos de Fote, intentó limpiarse la sangre que manaba de su nariz y comenzó a alejarse despacio, con la cabeza gacha, en dirección al interior del colegio. Justo cuando estaba cruzando la puerta de entrada una voz le contuvo:

—¿Pero qué te ha pasado?

Pablo levantó la mirada y vio a Patricia, a punto de salir, con sus hermosos ojos contemplándole alarmados.

—¿Es cierto? —preguntó el muchacho con un hilo de voz.

—¿El qué...?

—¿Saliste conmigo porque te lo pidió Mendizábal? ¿Es eso verdad?

—Bueno... yo... —Patricia bajó la cabeza.

Pablo notó cómo las lágrimas anegaban sus ojos y echó a correr.

* * *

El doctor Mendizábal contempló con sorpresa el rostro tumefacto de Pablo. El muchacho acababa de entrar en su despacho como una tromba, sin anunciarse ni llamar a la puerta tan siquiera.

—¿Pero qué te ha pasado? —preguntó el psicólogo.

—Usted habló con Patricia Arroyo, ¿verdad? —dijo Pablo con el aliento agitado—. ¿Por qué?

Mendizábal parpadeó un par de veces y adoptó una expresión profesional.

—¿Quieres sentarte? —dijo, señalando una silla.

—¡No, maldita sea! —exclamó Pablo—. No quiero sentarme, quiero que me diga por qué le pidió a Patricia que saliera conmigo.

El psicólogo se acomodó en su sillón y permaneció unos segundos pensativo, con la vista posada en la superficie del ordenado escritorio.

—Escucha, Pablo —dijo finalmente—: cuando el Programa Especial se puso en marcha, algunas voces se alzaron en contra del agrupamiento de los alumnos superdotados. Decían que algo así dificultaría vuestra socialización y a la larga acabaría provocando graves problemas psicológicos. Y, ¿sabes?, en cierto modo tenían razón —suspiró—. Vosotros superáis con creces las capacidades intelectuales de cualquier adulto normal, pero no ocurre lo mismo con vuestra madurez emocional. En ese sentido sois... —buscó la palabra adecuada— ...frágiles. Estáis acostumbrados a analizarlo todo desde un punto de vista racional, pero las emociones no pueden comprenderse así. La afectividad requiere experiencia.

—Así que usted decidió conseguirme una amiga —le interrumpió Pablo con rabia—. Para proporcionarme un poco de experiencia afectiva, ¿no es eso?

—Te equivocas. En realidad el problema surgió con el intento de suicidio de Benito Moreno —Mendizábal hizo una pausa—. Era evidente que eso os iba a afectar, de modo que consideré necesario intervenir. Patricia Arroyo tenía problemas con las matemáticas y tú podías ayudarla; a cambio, mejorarían tus habilidades sociales, te abrirías al mundo exterior y, quizá, el desgraciado incidente de Benito influiría menos en ti.

—Pero, ¿por qué yo? —volvió a interrumpirle Pablo—. Hay otros alumnos en el Programa Especial; ¿por qué demonios tuvo que escogerme a mí?

Mendizábal tardó unos segundos en contestar.

—Porque, aunque quizá no te des cuenta, estás pasando por unos momentos difíciles. Creo que tienes problemas, Pablo, que sufres una crisis de identidad y que la relación con tus padres no es todo lo satisfactoria que sería de desear.

—¡Pero eso no le da derecho a entrometerse! —gritó el muchacho—. ¿Quién se cree que es? ¿Dios?

—Yo sólo pretendo ayudarte —dijo con voz suave el doctor.

—¡Pues así no lo va a conseguir! —Pablo hizo una pausa—. No vuelva a meterse en mi vida, ¿entiende? Jamás vuelva a hacerlo.

—Estás siendo irracional, Pablo.

—¡Y una mierda irracional! —gritó el muchacho; luego, temblando de ira, barrió de un manotazo los papeles que había sobre el escritorio—. ¡Déjeme en paz! ¡Y no se inmiscuya en mi vida!

Pablo apretó los dientes y abandonó el despacho dando un portazo.

*   *   *

—¿Dónde están mis padres? —preguntó Pablo, agitado.

Doña Flor enarcó las cejas al advertir el ojo magullado del muchacho y la sangre ya seca que manchaba sus ropas.

—¡Dios mío! —exclamó—. ¿Pero qué te ha pasado, *m'hijito*...?

—¡¿Dónde están mis padres?! —insistió a gritos el muchacho.

—Se fueron a mediodía —respondió la mujer, desconcertada—. Dijeron que regresarían dentro de una semana.

—¿Se han ido? —Pablo resopló aturdido—. Pero si se marchaban el lunes...

124

—Por lo visto decidieron adelantar el viaje. Han dejado una nota para ti, y dinero.

—Se han marchado —Pablo sacudió la cabeza con dolida incredulidad—. Sin despedirse de mí, sin decirme nada...

—No había otro vuelo, Pablito; tenían prisa y no podían esperar —doña Flor se aproximó a él—. Ahora tenemos que limpiarte esa sangre, y curarte el ojo...

—¡Déjeme en paz! —gritó el muchacho—. ¡Estoy harto de que me digan lo que tengo que hacer!

Pablo apartó de un empujón a la mujer y echó a correr hacia su dormitorio. Doña Flor se quedó sola en la cocina, preguntándose qué podría haberle pasado a aquel jovencito, usualmente tan pacífico, para que se comportase de aquella manera.

* * *

Pablo pasó toda la tarde encerrado en su habitación, tumbado en la cama y con la persiana echada. Allí, en el centro de la oscuridad, sus pensamientos seguían un curso errático: pasaban del dolor del rechazo a la irritación de saberse manejado. En ocasiones lloraba desconsoladamente, a veces maldecía en voz alta su propia estupidez, pero la mayor parte del tiempo se limitaba a permanecer en silencio, tumbado boca arriba, con la mirada fija en el techo y el corazón herido de tristeza.

Varias veces escuchó, a lo lejos, el sonido del teléfono, y también oyó a doña Flor llamando con los nudillos en la hoja de la puerta, rogándole en voz baja que le abriese. Pero Pablo no prestaba atención a nada de lo que ocurría a su alrededor, ya que en su universo ahora sólo había lugar para la autocompasión, para la impotencia, para la pena.

Había sido un iluso al creer que Patricia podría llegar a interesarse por él, y un idiota al confiar en los adultos. Ni siquiera sus padres estaban allí para consolarlo. Se habían ido, dejándole solo, sin decirle nada, aunque en realidad ellos nunca estaban, porque lo único que les preocupaba era su rendimiento escolar, su portentosa inteligencia.

Ah, sí, sus padres estaban muy orgullosos de tener un hijo superdotado; era como un triunfo personal, como una demostración de su superioridad, de su elevada condición intelectual. SÚPER, como Superman, y DOTADO, que posee dones. SUPERDOTADO... sonaba bien, ¿verdad? Se le llenaba a uno la boca al decir que su hijo es un superdotado.

Pero eso es basura, pensó Pablo. ¿De qué le valía ahora ser un maldito superdotado? La chica que le gustaba le había rechazado, el doctor Mendizábal había jugado con él, Víctor Muñoz le había dado una paliza y sus padres desaparecían sin molestarse siquiera en despedirse. Perfecto.

¿Superdotado? No, ni mucho menos. Él era... ¿Cómo le había llamado Víctor...? Ah, sí, un monstruo patético.

Y tenía razón, eso era él: un ridículo y patético monstruo de feria.

Pablo no salió de su cuarto hasta pasadas las once de la noche, cuando dejó de escuchar los pasos de doña Flor y supuso que la mujer se había retirado a su dormitorio. La casa estaba a oscuras, pero el muchacho no encendió ninguna luz; se dirigió despacio, procurando no hacer ruido, al cuarto de baño, cerró la puerta, conectó el fluorescente y se miró al espejo. Tenía un aspecto horrible, con el ojo izquierdo amoratado, el derecho enrojecido y sangre reseca manchando su rostro y su camisa, así que se lavó la cara con agua fría y procedió a secarse con una toalla.

Entonces, reflejado en el espejo del lavabo, advirtió el pequeño armario de pared que había a su espalda, el lugar donde guardaban sus padres las medicinas. Se acercó al botiquín sin dejar de mirarlo, como hipnotizado, y lo abrió, y contempló su contenido: aspirinas, vendas, alcohol, mercromina, jarabe para la tos, antibióticos... Y, de pronto, sus ojos se detuvieron en un frasco de color ambarino lleno de píldoras. Eran sedantes; su madre los tomaba cuando padecía de insomnio.

Sedantes. Barbitúricos.

Cogió el frasquito y lo sopesó en la mano. Era muy ligero, casi insignificante y, sin embargo, le atraía como un imán. ¿Por qué no se atrevía a hacer lo mismo que hizo Beni? Acabar con todo de una vez, quitarse de en medio... Contempló de nuevo su imagen en el espejo: Pablo Sousa, el alumno superdotado, el genio de las matemáticas, el monstruo patético.

Destapó el frasco y dejó caer un puñado de pastillas en el hueco de la mano. ¿Cuántas serían necesarias para morir? Quizá fuera mejor tomarlas todas. Abrió el grifo y llenó un vaso de agua. Y clavó la mirada en las píldoras, tan blancas allí sobre su mano, a medio camino entre el frasco y la boca.

Los segundos transcurrieron con asfixiante lentitud.

De improviso, Pablo profirió un débil gemido y tiró al suelo las pastillas. Asustado de sí mismo, se echó a llorar, y abrió la puerta, y recorrió a la carrera el pasillo hasta llegar al salón, y allí se detuvo, en medio de las sombras, rodeado de objetos familiares que ahora se le antojaban extraños.

No era capaz de matarse.

Paseó la mirada por el oscuro salón, buscando algo que le tranquilizara, algo a lo que asirse, y entonces sus ojos encontraron el mueble bar. Sin vacilar un instante, como si ése fuera su inicial propósito, Pablo cogió la primera botella que encontró, se sirvió una excesiva dosis de whisky y vació el vaso de un trago.

El alcohol ardió en su estómago, le hizo toser y lagrimear. Cuando recuperó el aliento, llenó el vaso de nuevo, y luego otra vez, y otra...

Apenas media hora más tarde Pablo perdió el conocimiento.

* * *

Cuando Pablo recobró el sentido, estaba vomitando en el retrete y alguien le sujetaba la cabeza.

—¿Otra vez entre los vivos, Pablito? —preguntó doña Flor mientras le secaba el sudor de la frente.

Pablo intentó decir algo, pero una violenta arcada cortó sus palabras de raíz.

—No hables, *m'hijito* —prosiguió la mujer—. Anda, arroja todo ese alcohol que llevas dentro.

Pero el muchacho no necesitaba que le animaran a hacer tal cosa, así que agachó la cabeza y siguió vaciando el estómago en la taza del retrete.

Tres cuartos de hora más tarde Pablo estaba en la cocina, sentado frente a un tazón de café con leche. Su tez había adquirido un tono cerúleo que contrastaba con el intenso violeta del ojo maltrecho.

—¿Ya estás mejor? —preguntó doña Flor, acomodándose frente a él.

—No... —musitó el muchacho con un hilo de voz—. Estoy fatal...

—No me extraña, *papito*; te bebiste casi una botella completa de whisky. ¿No crees que eres demasiado joven para hacer esa burrada?

—Me encuentro fatal... —repitió Pablo, cerrando los ojos.

—Anda, bébete el café; te hará bien —doña Flor se reclinó contra el respaldo de su asiento—. ¿Y ahora? ¿Me contarás por qué has hecho esto?

—Porque me quiero morir —repuso el muchacho tras una larga pausa.

—Ah... Supongo que tendrás una buena razón para querer una cosa así, ¿no?

—Todo va mal —repuso Pablo agachando la cabeza—. Soy un asco y... y me siento solo.

—Ya veo —doña Flor frunció el ceño—. Te voy a contar una cosa, Pablito: en mi país hay miles de chicos que darían un brazo por estar en tu piel. Cuentan tus mismos años, o menos, pero no tienen padres, ni dinero, ni siquiera un techo donde guarecerse. Viven en las calles, limpiando zapatos, o mendigando, o robando. A ellos sí que les va mal, ¿no te parece?

—Pero el dinero no lo es todo...

—Salvo que no tengas nada —suspiró—. Pero es verdad, las heridas del corazón son las más difíciles de curar, y supongo que tú no estás así solamente por ese ojo hinchado. Hay una muchacha, ¿verdad? —sonrió—. No, no me lo digas; imagino que ahora no estás de humor para platicar. Pero sé lo que sientes. Mi mamá solía decir que no hay mayor soledad que la del amante despechado —se pasó una mano por la frente con gesto cansado—. Pero escucha algo: hace dos años, cuando murió mi esposo, yo me quedé sola. Y eso sí que era soledad, *m'hijito*, soledad de la que te come las entrañas, de la que te estruja el corazón y te roba el aliento, porque es una soledad sin esperanza, porque sabía que jamás volvería a ver a mi querido Luis. Y yo también quise morirme... —se inclinó hacia el muchacho con expresión repentinamente ceñuda—. Pero ni se me pasó por la cabeza mamarme una botella de aguardiente entera. Me tragué las lágrimas, apreté los puños y tiré *p'alante*, porque eso es lo que hay que hacer, por muy mal que nos trate la vida —sonrió de nuevo, esta vez con algo de tristeza—. Mi papá decía una cosa: la vida es como una pelea, y en una pelea no importa cuántas veces te caes, sino cuántas veces te levantas. Aunque ahora —añadió poniéndose en pie— lo que tú tienes que hacer no es levantarte, sino acostarte.

Pablo, todavía débil y mareado, se dejó conducir

130

dócilmente a su dormitorio, y permitió que la mujer le arropase con las sábanas, como si fuera un niño pequeño.

—Buenas noches, *m'hijito* —dijo ella, apagando la luz—. Procura descansar.

—Doña Flor...

—¿Sí?

—No se vaya...

La mujer sonrió con dulzura y se sentó en el borde de la cama.

—De acuerdo —dijo—, me quedaré un ratito. ¿No tienes sueño?

—Sí, pero no sé si podré dormirme...

—Bueno, bueno —doña Flor comenzó a acariciar suavemente los cabellos de Pablo—. Mi abuelita me enseñó que la mejor forma de conjurar el sueño es contar historias. Cuando mi hijita se asustaba por las noches y no podía dormir, yo le hablaba de los tiempos de los incas. Seguro que sabes quiénes fueron los incas, Pablito. Construyeron un gran imperio mucho antes de que Colón viniera a enredarlo todo; eran un pueblo sabio y orgulloso que edificó enormes ciudades en la selva, y grandes templos con forma de pirámide —sus ojos se volvieron soñadores—. Yo soy medio quechua y medio aimara, así que la sangre de los incas corre por mis venas. ¿Has oído hablar de Manco Cápac? ¿No? Pues escucha...

En voz baja, doña Flor comenzó a narrar la historia de un tiempo en que los hombres no tenían ni casas, ni ciudades, ni sabían cultivar la tierra, ni conocían el arte de hilar, y le explicó a Pablo que el Sol miró a la Tierra y se compadeció de los hombres, y les envió a sus hijos, Ayar Kachi, Ayar Ucho, Ayar Sauca y Ayar Manco, para que llevaran el conocimiento a la humanidad. Y luego le contó cómo Ayar Manco, acompañado de su hermana Mama Ocllo, clavó una vara de oro en un hermoso valle llamado Huanacauri y les dijo a los hombres que aquél sería el centro en torno al cual deberían construir una inmensa ciudad; pero cuando los hombres comenzaron a edificar las casas y los templos, el viento sopló con tal furia que echó por tierra todo lo que habían construido. Entonces Ayar Manco, que luego sería conocido por Manco Cápac, el primero de los incas, encerró al viento en una jaula y...

Doña Flor interrumpió su relato al advertir que la respiración de Pablo se había vuelto lenta y acompasada. Se inclinó hacia delante, comprobó que el muchacho estaba dormido, le arropó de nuevo con las sábanas y luego salió del dormitorio procurando no hacer el menor ruido.

* * *

Pablo se despertó con un horrible dolor de cabeza, el estómago revuelto y el ojo izquierdo tumefacto. Al abrir la persiana, la luz del sol le dio directamente en los ojos y él sintió como si una aguja candente se le clavara entre ceja y ceja. Salió del dormitorio y se dirigió al cuarto de baño. Estaba muerto de sed, así que bebió directamente del grifo del lavabo durante un buen rato. Luego se tomó un par de aspirinas y fue a la cocina.

—Buen día, Pablito —le saludó alegremente doña Flor, que en aquel momento estaba preparando el desayuno—. ¿Cómo te encuentras?

—Como una pelota de fútbol después de un partido —el muchacho cerró los ojos y se llevó una mano a la cabeza—. Estoy fatal...

—Mi tío Aristarco siempre decía que los hombres no beben para olvidar sus penas, sino para que esas penas les parezcan más pequeñas cuando las comparan con la resaca —se acercó al frigorífico y abrió la puerta—. Por eso mi tío tenía una receta secreta —cogió un vaso lleno de un espeso líquido rojizo—: el curapenas de Aristarco Huanaco. Tómatelo, te hará bien.

Pablo contempló con desconfianza aquel sospechoso brebaje.

—¿De qué está hecho?

—Lleva zumo de tomate, aceite de oliva, pimienta negra, cayena, tabasco, limón, sardinas trituradas, nuez moscada, un huevo crudo, y algunas cosas más que he encontrado por ahí.

—¡Pero nadie puede tomarse eso! —exclamó alarmado Pablo.

—Tonterías —dijo doña Flor.

Y con aire resuelto se acercó al muchacho, le puso el vaso en la boca y le obligó a vaciarlo de un trago. Aquel líquido sabía tan rematadamente mal como su composición daba a entender y, además, picaba mucho. Tras jadear durante unos segundos Pablo rompió a sudar, y así estuvo, colorado y sudoroso, durante un buen rato. Pero, por sorprendente que pueda parecer, al cabo de unos minutos el muchacho notó que comenzaba a encontrarse mejor.

—¡Eh! —exclamó—. Esto funciona...

—Claro que funciona; mi tío Aristarco era un experto en resacas —doña Flor acabó de servir la mesa—. Y ahora, a desayunar.

Pablo descubrió con sorpresa que, pese a todo, estaba hambriento, así que se tomó todas las tostadas y dos tazas de café con leche. Cuando terminó el desayuno, su estado físico era mucho más llevadero. Entre tanto, doña Flor picó un poco de hielo, lo envolvió en un paño de cocina y tomó asiento frente al muchacho.

—Póntelo en el ojo —dijo, tendiéndole la gélida cataplasma—. Seguirá estando morado, pero la hinchazón bajará —se sirvió una taza de café, sin leche ni azúcar, y le dio un sorbito—. Bueno —dijo, tras paladear la infusión—, ¿ahora ya te encuentras con fuerzas para contarme tus cuitas?

Pablo se puso el hielo en el ojo e inclinó la cabeza.

—Da igual —dijo—. No es importante.

—Mira, Pablito, ayer llamaron del colegio y estaban muy preocupados por ti; luego telefoneó una amiga tuya que también estaba muy preocupada, y a eso hay que añadirle que llegaste lleno de sangre y con un ojo del color de un obispo por Cuaresma. Por último, te emborrachaste hasta caerte —dio un nuevo sorbo a su café—. ¿Y nada de eso tiene importancia? Escucha, *m'hijito*, hay dos caminos: yo puedo ponerme arrecha de pesada, durante horas y horas, hasta que me digas lo que te pasa, o tú puedes ser un buen chico y contármelo todo ahora. Lo que prefieras.

Pablo comprendió que doña Flor no hablaba por

134

hablar, y que no le dejaría levantarse de la mesa hasta que se lo contara todo, así que tragó saliva, respiró hondo y comenzó a relatar su desengaño con Patricia, los manejos del doctor Mendizábal, su desastrosa pelea con Víctor y la frustración de sentirse ignorado por sus padres.

Cuando acabó su relato el muchacho se sintió mucho mejor (y no sólo en lo que a la resaca concernía). Era como si, con sólo hablar de sus problemas, hubiese conseguido expulsar el veneno que le roía por dentro. Doña Flor, que le había escuchado en silencio, sin formular preguntas, permaneció pensativa un buen rato.

—La verdad es que tienes motivos para sentirte mal —dijo de repente—. Pero eso no te da derecho a ponerte enfermo a tragos. Nadie debería beber tanto, y mucho menos un muchacho tan joven como tú.

—Descuide, doña Flor; no volveré a hacerlo.

—Mejor que así sea —la mujer enarcó las cejas—. Mira, Pablito, estoy segura de que tus papás te quieren. Lo que pasa es que aquí, en Europa, todo va tan rápido que las personas no tienen tiempo para escuchar a los demás, ni siquiera a sus seres queridos. Pero no le eches toda la culpa a tus padres: deberías haber platicado con ellos hace tiempo y no lo has hecho —suspiró—. En cuanto a ese doctor, es verdad: nadie tiene derecho a entrometerse en la vida de los demás, aunque imagino que su intención era buena. Y esa muchacha, Patricia... En fin, ayer te telefoneó. ¿Por qué no le devuelves la llamada?

—¡Ni hablar! —exclamó Pablo—. Ya he hecho bastante el ridículo.

—Ay, qué cabezota eres... —doña Flor suspiró de nuevo—. Me parece que vas a necesitar una clase de ayuda que yo no puedo ofrecerte —se incorporó y comenzó a recoger la mesa—. Esta tarde le haremos una visita a don Régulo.

—¿Quién es don Régulo?

—Un *yatiri* —contestó la mujer; y aclaró—: Un adivino.

—Un adivino... —repitió Pablo, desconcertado—. Pero...

—Nada de *peros*, Pablito. Te diré lo que vas a hacer: saldrás al jardín, te tumbarás en una hamaca y pasarás la mañana tomando el sol tranquilamente. Luego comerás la rica comida que pienso prepararte. Por la tarde seguirás descansando y luego, a última hora, iremos a ver a don Régulo —doña Flor acalló con un gesto las protestas del muchacho—. En cuanto a esa tal Patricia, te diré cuál es el problema: no sabes bailar. Mi bisabuela Auxiliadora solía decir que las mujeres desconfían de los hombres que no saben bailar, porque un hombre que no siente la música será también sordo a la voz silenciosa de la mujer, la voz del corazón —sonrió—. Así que mañana mismo nos ocuparemos de que aprendas a bailar.

* * *

Don Régulo, un anciano quechua de rostro inconcebiblemente arrugado y tez oscura, contempló con el ceño fruncido al muchacho. Luego se encaró con doña Flor y dijo en tono irritado:

—*Ima paj apamuanqui kay iuraj munoman,* doña? *Kan mana kanquichu llauarnymanta ni regsyquichu kostumbresniquita.*

Lo que, traducido de la vieja lengua de los incas, venía a querer decir: «¿Para qué me trae a este mono blanco, doña? No es de nuestra sangre, ni conoce nuestras costumbres.»

— *Kay huj llokalla chinkaska,* don Régulo —contestó la mujer—, *pay tariy munan huj rumbuta kan yanapanayqui tarij.*

«Pero es un muchacho perdido, don Régulo, y necesita que usted le ayude a encontrar el camino.»

Pablo, sin comprender nada de lo que decían, miró alternativamente a los dos bolivianos. Todavía no tenía nada claro qué demonios hacía él allí, consultando a un *yatiri,* un adivino o lo que fuera. Pero el caso es que, a las ocho de la tarde, doña Flor le había cogido del brazo, le había sacado de casa y le había metido en un autobús que los condujo a un barrio situado al sur de Madrid. Luego le llevó a un humilde piso donde fueron recibidos por una mujer muy, pero que muy vieja. Doña Flor habló con ella en quechua y, tras aguardar unos minutos, fueron introducidos en una pequeña habitación repleta de máscaras de madera y pequeños altares donde se mezclaban dioses paganos con santos católicos. Allí, sentado en el suelo, les aguardaba el *yatiri.*

—Está bien —aceptó don Régulo, tras una larga pausa—, caminaré por las sendas de su futuro —se volvió hacia Pablo y dijo malhumorado—: ¿Trajiste la guita?

Pablo parpadeó, desconcertado, y dirigió una interrogadora mirada a doña Flor. La mujer asintió con la cabeza y susurró: «el dinero», de modo que Pablo sacó del bolsillo un billete y se lo entregó a don Régulo.

—Para adivinar el futuro no hay nada mejor que las hojas de coca —dijo el *yatiri* mientras guardaba el dinero—; pero en este tonto país no hay plantas de coca, así que nos tendremos que conformar con la ceniza del tabaco.

Don Régulo sacó un librillo de papel de fumar y una bolsa de picadura y comenzó a liar un cigarrillo, recitando entre tanto una monótona e incomprensible letanía. Al acabar encendió el cigarro y comenzó a fumarlo con inusitada energía, dándole grandes caladas que no tardaron en llenar de humo el reducido espacio donde se encontraban. De vez en cuando, entre bocanada y bocanada, el viejo bebía directamente de la botella un largo trago de aguardiente de caña.

Al cabo de unos minutos Pablo comenzó a sentirse, no sólo ridículo, sino también aburrido, así que se inclinó hacia la mujer y le dijo en voz baja:

—Esto es una tontería, doña Flor. Vámonos...

—¡¿Una tontería?! —exclamó el *yatiri*, interrumpiendo sus conjuros—. ¿Mi poder es una tontería? —soltó un bufido—. Has de saber, muchachito, que nada puede ocultarse a mi mirada, que mis ojos penetran en el corazón de los hombres igual que un cuchillo caliente hiende la manteca —masculló algo en quechua y prosiguió—: ¿Crees que no puedo ver dentro de ti? ¡Claro que puedo! Tú has venido a verme porque una chola te rechazó, y luego su novio te puso

Al acabar encendió el cigarro y comenzó a fumarlo con inusitada energía...

morado ese ojo, y tus papás te han dejado solo, y anoche te mamaste bien mamado. ¿Sí o no?

Pablo enarcó las cejas, asombrado.

—¡Es increíble! —musitó, mirando alternativamente a doña Flor y al viejo—. ¿Cómo lo sabe?...

—Yo lo sé todo —respondió el *yatiri*, guardándose muy mucho de comentar que aquellos datos se los había proporcionado doña Flor cuando esa tarde le llamó por teléfono para solicitar una cita—. Y ahora ten la boca cerrada.

Don Régulo frunció el ceño y volvió de nuevo a su monótona letanía de conjuros. Al cabo de unos minutos enmudeció y cerró los ojos.

—Pachamama está aquí —dijo de improviso.

—La Madre Tierra... —musitó doña Flor, muy seria.

El viejo entornó los párpados y examinó con atención la ceniza del cigarrillo. De pronto, señaló con un sarmentoso dedo a la mujer y a Pablo, alternativamente.

—Vuestros destinos están entrelazados —dijo en tono admonitorio—. Os atacará un jaguar matador de hombres, y los lobos querrán devoraros el corazón, y quebrar vuestros huesos para sorber el tuétano. Y sólo algo podrá salvaros: creed en lo que no veis y confiad en quien os ha hecho daño —hizo una larga pausa y concluyó—: Confiad en el jaguar —se encogió de hombros—. Ya está, eso es lo que he visto —contempló a Pablo—. ¿Has aprendido el camino para llegar a esta casa?

—Pues... —el muchacho titubeó—. Creo que sí...

140

—Mejor, porque querrás volver a verme —arrojó la colilla a un cuenco de barro—. Eso es todo —concluyó—; marchaos.

—¿Qué ha querido decir don Régulo con eso del jaguar y los lobos? —preguntó Pablo mientras cruzaban las oscuras calles camino de la parada del autobús.

—No lo sé —respondió doña Flor, que parecía un poco ausente—. A veces los *yatiri*s hablan con enigmas, pero cuando llegue el momento lo comprenderás.

—¿Y por qué ha dicho que yo querré volver a verle?

—Ni idea, hijito. Pero si él lo dice, así será.

Prosiguieron su camino en silencio hasta llegar a la parada. Apenas había gente por los alrededores y sólo de cuando en cuando el ruido de algún automóvil rompía la quietud de la noche.

—Doña Flor —dijo de improviso Pablo—: ¿cómo murió su marido?

La mujer apartó la mirada y permaneció muda durante largo rato. Cuando por fin se decidió a hablar, su tono era neutro, vacío de emociones.

—Luis era piloto de aviación. Trabajaba para una empresa cárnica de La Paz, transportando de un extremo a otro de Bolivia toneladas y toneladas de carne de vaca. Yo estaba tan orgullosa de él que cada mañana iba al aeropuerto a verle despegar, y le saludaba con la mano cuando su aparato cobraba altura hasta convertirse en un águila recortada contra el cielo. Quería tanto a ese hombre que el corazón me dolía de sólo pensar en él... —inclinó la cabeza y suspiró—. Pero una noche, hace dos años, tuve un sueño en el que veía a Luis cubierto de sangre, arrastrándose por el hielo y pronunciando mi nombre con desesperanza... Desperté muerta de miedo; mi esposo estaba de vuelo y yo sabía que algo horrible le había ocurrido —hizo una pausa—. Las malas nuevas siempre son puntuales, así que no tardaron en traerme la noticia: el avión de Luis había sufrido un accidente en los Andes —se pasó una mano por los ojos—. Al día siguiente organizaron una expedición de rescate, e insistí en acompañarlos. Era la única mujer en un grupo de hombres, pero yo marchaba en cabeza, trepando por paredes de piedra, cruzando abismos sin fondo, esquivando bloques de hielo grandes como carros. Finalmente, al llegar a la cumbre del cerro, vimos el avión destrozado; y allí estaba el cadáver de mi esposo, tal como lo había contemplado en el sueño —su voz se debilitó—. Y así fue como mi corazón se rompió para siempre. Y aún ahora, después de tanto tiempo, si continúo andando, y respirando, y levantándome cada mañana, es para honrar la memoria de Luis Quispe, mi esposo.

Doña Flor alzó la mirada. Pablo se sorprendió al no encontrar en los ojos de la mujer las lágrimas que esperaba, sino un intenso destello de ira.

—Lo siento —dijo el muchacho—. No debería haberle preguntado.

—Pierde cuidado, Pablito, no te apures —sonrió con dulzura y oteó el fondo de la calle—. Mira, ya llega el ómnibus...

* * *

Pablo durmió toda la noche de un tirón. A la mañana siguiente, doña Flor insistió en que volviera a tomar el sol, y luego le preparó un pollo sancochado con yuca y plátano que estaba realmente bueno. Más tarde se dedicó a elegirle la ropa que iba a ponerse esa tarde.

—¿Adónde vamos a ir? —preguntó el muchacho.

—A bailar, *m'hijito*, a bailar.

—Pero si no me apetece...

—Tonterías —concluyó la mujer.

Doña Flor escogió para él unos pantalones blancos y una camisa estampada con flores de vivos colores, porque dijo que la ropa alegre refrescaba la vista y animaba los sentidos. A las seis de la tarde salieron a la calle y se dirigieron a una plaza cercana donde les estaba aguardando una muchacha.

—Pablito —dijo doña Flor con una sonrisa—: te presento a Samara, mi hija.

Pablo se quedó con la boca abierta: la hija de doña Flor era preciosa. Tendría dieciséis o diecisiete años y el cabello oscuro y brillante como la caoba. Era bajita, igual que su madre, pero poseía una figura proporcionada y graciosa. Su cara formaba un óvalo dorado donde dos ojos grandes y negros, algo almendrados, brillaban risueños. La boca, grande y carnosa, sonreía mostrando unos dientes pequeños, muy blancos. Parecía dulce y amable.

—Encantada de conocerte, Pablo —dijo.

—Ho-hola... —balbuceó el muchacho.

—Cierra la boca, Pablito —dijo, divertida, doña Flor—, o se te llenará de moscas —se volvió hacia Samara—. ¿Adónde vamos a ir, hijita?

—Me informaron de una discoteca con buena música, mami. Se llama El Topo.

—Pues no perdamos más tiempo —sonrió doña Flor—. Vámonos para El Topo.

Un autobús los condujo al centro de la ciudad. Por el camino Samara se aproximó discretamente a su madre y le preguntó en voz baja:

—¿No corremos peligro, mami?

—Un poco, hijita —contestó doña Flor—; pero el muchacho lo está pasando mal y tenemos que ayudarle. De todas formas ellos estarán demasiado ocupados con sus sucios negocios para preocuparse de nosotras.

Al menos, pensó la mujer, en eso confiaba.

Aún no había demasiado público en la discoteca cuando llegaron. Doña Flor se acomodó frente a una de las mesas, pero cuando Pablo se disponía a imitarla ella le bloqueó el paso con un gesto.

—Ah, no, jovencito —dijo—. Tú has venido aquí para bailar, no para sentarte.

—Pero si no sé bailar... —protestó Pablo.

—Por eso mismo —volvió la mirada hacia su hija—. Anda, Samara, enséñale.

144

Pablo, nada convencido de lo que iba a hacer, siguió a la muchacha hasta la pista de baile que, para colmo de males, en aquel momento se encontraba desierta. Por los altavoces sonaba una música alegre y bulliciosa.

—Así que esto es El Topo —comentó Pablo, mirando cohibido en derredor—. Un nombre raro para una discoteca.

—No es el animal —dijo Samara—. *Topo*, en quechua, es un prendedor con el que las mujeres se sujetan el mantón. Pero la música que está sonando no es boliviana.

—Es salsa, ¿no?

—No, es un *vallenato* colombiano. El ritmo es más lento, fíjate...

Samara comenzó a bailar. Sus pies trenzaron arabescos sobre el suelo mientras sus manos se mantenían ingrávidas a la altura de la cintura. De pronto se detuvo y contempló sonriente al muchacho.

—¿Viste? Es fácil. Ahora hazlo tú.

—Pero si no sé...

—Claro que sabes. Todo lo que tienes que hacer es sentir la música. Vamos, inténtalo.

Pablo suspiró y comenzó a prestar toda su atención a la melodía, convirtiéndola mentalmente en notas sobre un pentagrama. Contuvo el aliento y empezó a bailar. Apenas unos segundos más tarde, sus pies se obstinaron, como siempre hacían, en seguir un camino muy distinto al de la música.

—¿Ves? —dijo Pablo sacudiendo la cabeza—: no puedo.

—Pero es que no escuchas la música —dijo Samara.

—Claro que la escucho. Además, he estudiado solfeo y...

—Ése es el problema —le interrumpió la muchacha con dulzura—. Entiendes la música, pero no la sientes. Mira: cierra los ojos y piensa en algo que te guste, algo agradable; luego permite que la música se mezcle con tus pensamientos y déjate llevar.

Pablo suspiró con resignación y cerró los ojos. ¿Qué le gustaba? Las matemáticas, claro. Las matemáticas eran lógicas y ordenadas, en ellas todo resultaba fiable y reconfortantemente familiar. ¿Cómo podría expresarse esa melodía en términos matemáticos? Uno-dos, uno-dos, uno-dos-tres... El ritmo era rápido como una ecuación de tercer grado y poseía la gracia de una serie numérica de Fibonacci. En realidad, si se paraba a pensarlo, aquella música estaba describiendo una curva sobre el plano, una curva que él no tenía la menor dificultad en seguir. Bastaba con integrar cada nota y señalar con los pies su punto correspondiente en el suelo. Sencillo.

—¡Bravo! —exclamó Samara aplaudiendo—. ¡Eso es bailar!

Pablo se detuvo, desconcertado, y abrió los ojos. Era cierto, pensó con asombro, había bailado sin perder el ritmo de la música.

—Increíble... —musitó—. Lo he hecho.

—Sí. Pero sólo es el principio. Ahora tienes que aprender los pasos. Mira, comienzas con el pie izquierdo hacia delante, luego el derecho, y ahora hacia atrás...

Pasaron más de una hora ensayando los pasos de las distintas melodías que desgranaban los altavoces: *vallenatos*, cumbias, boleros, charangas, salsa, bachatas, merengues... Entre tanto, sentada frente su mesa, doña Flor contemplaba con una sonrisa los progresos de Pablo. El muchacho estaba tan abstraído en la música que parecía haberse olvidado de todos sus problemas.

—¿Es usted la señora Huanaco? —dijo de pronto una voz.

—¿Perdón?... —doña Flor volvió la cabeza sobresaltada y contempló con desconfianza el bello rostro de la mujer que le había hablado.

—Soy Susana Vázquez, una amiga de Gladis —prosiguió la mujer, sentándose a su lado—. ¿Ya la encontró su sobrino?

—¿Mi sobrino...?

—Luis Hernández, el esposo de su sobrina. Estuvo hace unos días por aquí, preguntando por usted. Había extraviado su dirección y tenía urgencia por encontrarla.

Una alarma comenzó a sonar en el cerebro de doña Flor. Se incorporó muy seria y cogió su bolso.

—Lo siento —dijo—, yo no me llamo Huanaco.

—Pero si nos presentó Gladis —protestó Susana, desconcertada—; frente a la Casa de Bolivia...

—Está usted confundida —su tono era tenso—. No soy esa mujer, ¿entiende? No lo soy.

Doña Flor se dirigió con paso rápido hacia la pista de baile. La estaban buscando. Era de esperar, por supuesto, pero tener constancia de ello, saber a ciencia cierta que su vida estaba en peligro, le producía una gran inquietud. No por ella, no; ella no importaba. Pero Samara sí. Su hija no tenía la culpa de nada, era inocente, y finalmente iba a pagar los pecados de su madre. Doña Flor se mordió los labios. Había sido una loca al ir a esa discoteca.

—Pablo, Samara —les llamó en voz alta—: tenemos que irnos.

—Pero si es muy pronto —protestó el muchacho.

—Es tarde —insistió doña Flor—. Vámonos.

—¿Pasa algo, mami? —preguntó Samara.

Doña Flor no quería preocupar a su hija, así que decidió ocultarle que un misterioso «sobrino» andaba buscándola.

—No, no pasa nada —fingió una sonrisa—. Pero no debemos estar fuera tanto tiempo. Anda, volvamos a casa.

Más tarde, en el autobús que les conducía a Aravaca, Pablo y Samara se sentaron juntos un par de asientos por detrás de doña Flor.

—¿Qué le sucede a tu madre? —preguntó el muchacho—. De pronto se ha puesto muy seria.

—Mi mamá tiene muchas preocupaciones. Ya se le pasará.

Permanecieron en silencio durante unos minutos, contemplando a través de la ventanilla las luces del ocaso.

—Muchas gracias —dijo de pronto Pablo—. Por enseñarme a bailar, quiero decir.

—Ya lo haces muy bien —la muchacha sonrió—.

148

Con un par de clases más te convertirás en todo un bailarín.

Pablo permaneció unos instantes pensativo.

—¿Dónde vives, Samara? —preguntó.

—En una pensión, a seis cuadras de tu casa.

—Ya... Oye, ¿por qué no quedamos mañana por la tarde y continuamos con las clases de baile?

Samara frunció el ceño. Su madre no aprobaría eso, desde luego, pero llevaba tanto tiempo encerrada entre las cuatro paredes de su cuarto que la idea de volver a salir, de escuchar música y bailar se le antojaba tan deseable como un salvavidas a un náufrago. Además, nadie tenía por qué enterarse.

—De acuerdo —dijo—. Nos encontraremos a las seis en el mismo sitio de hoy. Pero no le cuentes nada a mi madre...

* * *

—Vamos, doña Flor —exclamó Pablo—, dígamelo de una vez.

Acababan de llegar a la casa y ahora se encontraban en la cocina. Doña Flor sacudió la cabeza con aire obstinado y sacó un tarro de arroz de la alacena.

—No, Pablito, tendrás que averiguarlo tú solo.

—Pues me rindo; no sé qué animal es doblemente animal. Venga, dígamelo.

—Mi abuelita me dijo que debía encontrar la respuesta sin ayuda y que, cuando eso ocurriera, descubriría algo importante acerca de la vida. Así que no puedo ayudarte —la mujer se encogió de hombros—.

Ahora te haré la cena y luego prepararé tu ropa. Mañana es lunes y tienes que ir a la escuela.

Una nube oscureció la mirada de Pablo.

—No pienso volver al colegio —musitó—. Ni mañana, ni nunca.

—¿Qué estás diciendo? Claro que irás al colegio.

—No puedo... —Pablo se dejó caer sobre un taburete y repitió en voz baja—: No puedo...

—¿Pero por qué? —doña Flor aguardó la respuesta del muchacho, pero al ver que ésta no llegaba suspiró profundamente y se contestó a sí misma—: Te da vergüenza volver a encontrarte con esa muchacha, ¿verdad?, y piensas que tus compañeros se reirán de ti, ¿no es cierto?, y crees que ese bruto de Víctor estará esperándote para darte otra tunda. O sea, que tienes miedo. Pues te voy a contar lo que solía decir mi tío Melquíades: nunca hay que huir del miedo, porque el miedo es un galgo corredor; al miedo hay que plantarle cara y afrontarlo. Con arrojo, hijito, y sin macanas. Así que mañana irás al colegio, tranquilamente, porque nada te va a ocurrir.

Pablo ocultó la cara entre las manos. Durante el fin de semana había logrado olvidarse de sus problemas y, sin embargo, ahora, de repente, el dolor y la pena regresaban a él convirtiendo su corazón en un páramo triste.

—Pero no puedo... —repitió con voz temblorosa, como si fuera a echarse a llorar.

Doña Flor suspiró y acarició la cabeza del muchacho.

—Eres mucho más fuerte de lo que tú mismo crees,

Pablito —dijo en voz baja—. Mañana irás al colegio y yo te acompañaré hasta la mismita puerta, para que no te sientas solo. No te preocupes, mi bien, yo estaré contigo.

8. El cazador y la presa

Víctor Muñoz dio una calada al cigarrillo y exhaló una densa nube de humo. Estaba de mal humor, no sólo porque fuera lunes —los lunes siempre le ponían malhumorado—, sino porque Patricia se había enfadado con él y no había querido verle durante todo el fin de semana. ¡Y todo porque le había dado un par de bofetadas a ese cretino de Pablo Sousa! Sacudió la cabeza; las mujeres eran absolutamente irracionales.

Tiró el cigarrillo al suelo y lo aplastó con el tacón de la bota, luego elevó la mirada y contempló con desánimo la lejana entrada del colegio. Dentro de unos minutos darían las nueve y las clases comenzarían. Masculló una maldición y echó a andar lentamente. De pronto advirtió que una pareja estaba aproximándose a la puerta del colegio. Se detuvo y aguzó la vista. ¿No era ése el capullo de Pablo Sousa? Pero, ¿quién le acompañaba? Una mujer, sí, y había algo familiar en ella... Víctor se ocultó en un soportal y aguardó a que la pareja estuviera más cerca.

«*Joé,* pero si es una india...», pensó mientras observaba con más detalle el rostro de la mujer.

De pronto sus ojos formaron dos círculos perfectos. Tras unos segundos de estupor comenzó a rebuscar en sus bolsillos hasta encontrar la arrugada foto que le había entregado el señor Luna. Su mirada fue, alternativamente, del retrato a la cara de la sudamericana. Parecía imposible, pero no cabía duda: allí, delante de sus narices, estaba la mismísima Flor Huanaco.

Víctor se mordió los labios para no gritar de júbilo.

¡Acababa de tocarle la lotería!

* * *

—...Entonces la seguí hasta esta casa y vi cómo entraba. Aquí viven los Sousa, su hijo va a mi colegio, así que supongo que esa india será su criada. Y luego fui a buscar un teléfono para llamarle y...

—Cállate —le interrumpió Luna en tono seco, sin apartar sus ojos de los prismáticos.

Estaban a unos cincuenta metros de la casa, ocultos tras unos setos que se alzaban junto al garaje de un chalé vecino. Luna atisbaba el interior de la cocina a través de los gemelos; ahora no se distinguía a nadie, pero en un par de ocasiones había visto pasar una figura borrosa.

—Es ella, se lo juro —insistió Víctor.

—¿Cómo he de decirte que te calles?...

De pronto Luna enmudeció. Porque delante de sus

ojos, tan cerca como si pudiera tocarla, había aparecido la imagen amplificada de un rostro muy familiar: doña Flor Huanaco, frente al fregadero, lavando un vaso de cristal bajo el chorro de agua que brotaba de un grifo.

—Sí, es ella —sonrió Luna.

—¡Ve, se lo dije! ¡Es la mujer de la foto!

—Haces demasiado ruido —la sonrisa del asesino se esfumó.

Dejó a un lado los prismáticos y sacó un fajo de billetes de su cartera.

—Aquí está tu recompensa: cuatro mil dólares. No te importa que te pague en dólares, ¿verdad?

—Mientras sea dinero...

Víctor intentó coger el fajo de billetes, pero Luna lo apartó de su alcance.

—Escucha —dijo en tono seco—: tú ni me conoces ni sabes nada de todo esto. Y no hables con nadie. Sé quién eres y dónde vives, así que, si no mantienes la boca cerrada, volveré a buscarte. ¿Está claro?

Víctor tragó saliva y asintió vigorosamente. El asesino, con la mirada fija en los nerviosos ojos del joven, mantuvo durante unos segundos el dinero suspendido en el aire, como si aquel gesto contuviera una velada amenaza. Finalmente se lo entregó.

—Lárgate —ordenó.

Víctor guardó los billetes en el bolsillo y, tras un breve titubeo, desapareció a toda velocidad calle abajo. Luna cogió los binoculares y enfocó de nuevo el rostro de Flor Huanaco, que seguía fregando cacharros frente a la ventana de la cocina. Después de

154

todo, allí estaba ella, casi al alcance de la mano... Luna consultó el reloj: eran las diez y media de la mañana. Ahora sólo tenía que montar guardia delante de aquella casa y esperar a que la señora Huanaco saliese a la calle. Y si no salía, esa misma noche, amparado por la oscuridad, él entraría a buscarla.

El asesino, oculto tras los arbustos, se acomodó sobre una piedra y se dispuso a aguardar. Un cazador debe ser paciente si quiere cobrar su presa.

*   *   *

Las cosas no habían ido tan mal como Pablo esperaba. Ninguno de sus compañeros de clase hizo mención a su pelea del viernes, ni siquiera le preguntaron por el ojo amoratado. El doctor Mendizábal no le llamó a su despacho, Víctor no estaba en el colegio, y Patricia..., bueno, la verdad es que él había hecho todo lo posible por rehuirla, así que no tuvo que pasar por la vergüenza de mirarla a la cara.

En realidad, ahora la vida no se le antojaba tan terrible. Incluso estaba aprendiendo a bailar... Pablo se echó a reír; de algún modo había adquirido el convencimiento de que todo, su futuro, su felicidad, dependía de saber bailar. Era un tontería, por supuesto, pero de algo estaba seguro: quería aprender a escuchar..., ¿cómo había dicho doña Flor?... Ah, sí, «la voz silenciosa de las mujeres».

Pablo regresó a casa a las cinco y cuarto de la tarde. Encontró a doña Flor en el tendedero, planchando ropa, y conversó con ella durante un rato, pero no demasiado, porque había quedado con Samara a las seis y no disponía de mucho tiempo. Tal y como le había pedido la muchacha, no le dijo nada a doña Flor de aquella cita.

Después de darse una ducha se tomó unos minutos para escoger la ropa adecuada: unos vaqueros, una camisa de colores vivos —«para refrescar la vista y animar los sentidos»—, y unos zapatos de piel suave y suelas ligeras, zapatos de bailarín.

¡Zapatos de bailarín! Pablo se echó a reír mientras abandonaba su cuarto y cruzaba el pasillo, y siguió riéndose cuando salió a la calle en dirección a la plaza donde le esperaba Samara.

Zapatos de bailarín..., menuda tontería. Pero estaba de buen humor; las cosas parecían distintas bajo la radiante luz de la tarde y, por algún desconocido motivo, tenía la sensación de que todo iba a ir mejor.

Pero Pablo estaba completamente equivocado.

De hecho, faltaba muy poco para que la pesadilla comenzase.

* * *

Fue una intuición. Lo cierto es que no tenía ningún motivo para actuar de ese modo, pero Luna había aprendido a hacer caso de sus intuiciones; era como un sexto sentido, un don misterioso que le había salvado la vida en más de una ocasión. Por eso hizo caso a aquel pálpito absurdo.

Primero, desde su escondite tras los arbustos, vio cómo el muchacho entraba en la casa. Luego espió, a través de los gemelos, su breve conversación con la señora Huanaco. Finalmente, apenas media hora después, le vio salir de nuevo, vestido de manera distinta, caminando risueño calle abajo.

Entonces una voz le susurró a Luna: «síguele».

No había ningún motivo para hacerlo, no tenía sentido abandonar la vigilancia de la casa; la señora Huanaco era su objetivo, y no aquel adolescente desconocido. Pero el asesino hizo caso a la voz y comenzó a seguir al muchacho, manteniéndose siempre a una prudente distancia, y le vio llegar a la plaza, y le vio encontrarse con una joven.

Luna contuvo el aliento: aquella chica era Samara Quispe, la hija de Flor Huanaco. Su cerebro empezó a funcionar a toda velocidad mientras observaba cómo los dos jóvenes abandonaban la plaza y se encaminaban por una de las calles laterales.

Hay muchas formas de pescar un pez, pensó.

Y echó a correr hacia la camioneta que tenía aparcada a no mucha distancia de allí.

* * *

—No se lo habrás dicho a mi madre, ¿verdad?

—No —contestó Pablo—. ¿Pero por qué no quieres que lo sepa?

Samara tardó unos segundos en contestar.

—A ella no le gusta que salga sola —dijo finalmente.

—Pero yo voy contigo. ¿No se fía de mí?

—Claro que sí. Es que... —la muchacha titubeó—.

Bueno, sencillamente que no le gusta que salga sin ella, eso es todo.

Pablo se dio cuenta de que aquella conversación estaba incomodando a Samara, así que optó por callarse y continuaron caminando hacia la parada del autobús.

Una camioneta BMW negra dobló la esquina y enfiló la calle a escasa velocidad.

—Bueno, ¿qué me enseñarás hoy? —preguntó Pablo al cabo de unos instantes.

La camioneta los adelantó y se detuvo junto a la acera, unos metros por delante de ellos.

—No sé —sonrió Samara—. Cumbia, bachatas..., lo que pongan.

Un hombre bajó del vehículo y comenzó a caminar mirando hacia otro lado. Ninguno de los dos muchachos se dio cuenta de que, en realidad, el desconocido se dirigía hacia ellos. Tampoco advirtieron que el motor de la camioneta seguía en marcha.

—Me voy a acabar convirtiendo en un experto en bailes latinos —bromeó Pablo—. Quizá deberías enseñarme a bailar el vals, o la polca, o...

El desconocido había llegado a su altura. Súbitamente, se volvió hacía Pablo y, sin previo aviso, le propinó un brutal puñetazo en el mentón. El muchacho profirió un quejido y se derrumbó sobre el suelo. Por unos instantes perdió el sentido.

Y todo se volvió de color blanco.

Y luego, negro.

Y, finalmente, llegó la nada.

Gritos... Una mujer estaba gritando...

¡Samara!

Pablo abrió los ojos y sacudió la cabeza. Quiso incorporarse, pero todo daba vueltas a su alrededor y volvió a caer. Intentó enfocar la mirada: alguien sujetaba a Samara por la cintura; la chica intentaba soltarse, pero el desconocido le tapaba la boca con... ¿un pañuelo blanco? Pablo quiso gritar, pedir auxilio, pero no pudo. Tragó saliva y logró ponerse de rodillas.

Samara había dejado de debatirse, parecía desmayada. El hombre la arrastraba hacia la camioneta. Pablo sacudió otra vez la cabeza y se puso en pie con dificultad. Sintió que iba a volver a caerse y cerró los ojos.

Chirrido de ruedas patinando sobre el asfalto. Olor a goma quemada.

Pablo, bamboleándose como un borracho en medio de la acera, abrió los ojos y contempló, impotente, cómo la camioneta desaparecía a toda velocidad calle abajo. Durante unos instantes no logró pensar nada coherente, estaba aturdido y su cabeza parecía girar y girar como un trompo.

¿Qué demonios había ocurrido?, pensó.

Alguien había secuestrado a Samara. Aquella idea le sesgó el cerebro como un rayo: secuestro, rapto. Se habían llevado a Samara.

Tenía que pedir ayuda. Pablo miró a su alrededor, pero la calle estaba desierta. Un teléfono, entonces, para llamar a la policía. ¿Dónde había un teléfono?... En casa, allí había un teléfono. Tenía que ir a casa, y contarle a doña Flor lo que había ocurrido, y avisar a la policía...

Pablo encajó la mandíbula y, todo lo deprisa que

pudo, comenzó a recorrer el camino que conducía a su casa.

* * *

—No te entiendo, Pablito —dijo doña Flor, alarmada—. Cálmate, muchacho, por favor, y procura hablar más despacio. ¿Qué decías de Samara?

Pablo se apoyó contra una pared e intentó recuperar el resuello. Ya se encontraba mejor, aunque seguía sintiéndose algo inestable.

—Había quedado esta tarde con su hija... —dijo, todavía jadeante.

—¿Samara estaba en la calle contigo? —le interrumpió la mujer, cada vez más alarmada—. ¿Por qué?

—Íbamos a ir a bailar, y ella me pidió que no se lo dijera, no fue idea mía, pero...

—No importa —le urgió doña Flor—. ¿Dónde está Samara?

—A eso iba —el muchacho tragó saliva—. Estábamos caminando por la calle y, de pronto, apareció un hombre, y me pegó un puñetazo, y cogió a Samara, y la metió a la fuerza en una camioneta y...

—¿Se la han llevado? —doña Flor se tambaleó como si hubiera recibido un impacto—. ¿Se han llevado a mi hijita?

Pablo bajó la cabeza y asintió. La mujer perdió la mirada en el vacío; por unos instantes sus ojos se humedecieron, pero doña Flor se mordió los labios y ni una sola lágrima llegó a deslizarse por sus mejillas.

—Lo siento —musitó Pablo—. Yo he tenido la culpa...

—No. Es culpa mía —la voz de la mujer había recuperado firmeza—. Debí suponer que algo así acabaría pasando.

Sobrevino un largo silencio.

—Tenemos que llamar a la policía —dijo Pablo.

—No —replicó tajante doña Flor—. Nada de policía.

Repentinamente, la mujer se dio la vuelta y echó a andar con paso decidido hacia la sala de estar. Pablo dudó unos instantes y fue tras ella.

—Pero han secuestrado a Samara —insistió—. Hay que llamar a la policía.

Doña Flor no le contestó hasta llegar al salón.

—Si damos aviso a la policía, matarán a Samara —dijo mientras se sentaba en una silla, con la espalda muy rígida—. Pero es a mí a quien buscan, no a ella —extendió un brazo y señaló el teléfono—. Ellos me llamarán. Y hasta que eso suceda no haremos nada.

* * *

Luna se sentó en el borde de la cama donde yacía el desmayado cuerpo de Samara y examinó rápidamente su estado —a veces el cloroformo jugaba malas pasadas—. Tras comprobar que su respiración era profunda y acompasada, el asesino salió de la habitación, cerró la puerta con llave y se dirigió a la sala de estar. La casa olía a cerrado y se encontraba en tinieblas, ya que el asesino no había descorrido las persianas ni abierto las ventanas.

Luna se acomodó en un sillón, cogió el teléfono y

marcó el número de la Sugar & Grain. Al cabo de unos segundos escuchó la voz de Manuel Zárate al otro lado de la línea.

—¿Hola?...

—Soy Luna. He localizado a la señora Huanaco.

—Bravo, señor Luna —contestó Manuel al cabo de una breve pausa—. ¿Está en su poder?

—Todavía no, pero tengo a su hija. Ella será el cebo.

—Don Aurelio estará satisfecho —Manuel hizo otra pausa—. ¿Dónde se encuentra ahora, señor Luna?

—Eso no importa.

—Tiene razón, no importa. Escuche: debe venir aquí con la muchacha.

—¡¿Qué?! ¿Se ha vuelto loco?

—A partir de este momento centraremos aquí todas las actividades. Son órdenes del señor Coronado.

—¿Pretende que me pasee por la ciudad con esa chica? —Luna resopló—. ¿A qué Coronado se refiere? ¿A Tachito?

Unos instantes de silencio.

—Escuche, señor Luna —dijo Manuel—: a mí esa idea me gusta tan poco como a usted. Pero soy un profesional y obedezco órdenes. Usted también es un profesional, así que déjese de vainas y venga para acá. ¿De acuerdo?

Un «clic» puso fin a la conversación. Luna permaneció unos segundos inmóvil, con el auricular pegado a la oreja. Luego apretó los dientes y estrelló el aparato contra el suelo.

—¡Mierda! —exclamó, y repitió en tono colé-

162

rico—: ¡Mierda, mierda, mierda!

Se dejó caer contra el respaldo del sillón y respiró hondo varias veces. Detestaba perder el control, pero el hijo de don Aurelio Coronado conseguía sacarle de sus casillas con una facilidad asombrosa.

* * *

Pablo llevaba más de media hora sentado frente a doña Flor, en absoluto silencio, intentando encontrar algún sentido a lo que había ocurrido, y puede que él fuera un alumno superdotado, pero lo cierto es que no comprendía absolutamente nada. ¿Por qué habían secuestrado a Samara? Y lo más desconcertante de todo: ¿por qué doña Flor se quedaba ahí, sentada, sin hacer nada? En más de una ocasión había estado tentado de preguntárselo, pero la mujer parecía ausente, con la mirada perdida y el rostro en tensión, como si estuviese en trance y sus visiones fueran terribles, así que Pablo optó por mantener la boca cerrada. A fin de cuentas, se sentía culpable de lo ocurrido; no pudo defender a Samara y ni siquiera había tenido los reflejos necesarios para memorizar la matrícula de aquella camioneta negra.

—Pablito —dijo de improviso doña Flor—: voy a pedirte un favor. Pero es un favor peligroso, así que debes pensártelo bien.

—Haré lo que quiera...

—No. Antes tienes que saber de qué se trata —la mujer se pasó una mano por los ojos y suspiró—. ¿Qué sabes de la cocaína?

—Pues... que es una droga.

—Sí, una droga muy costosa que se obtiene de la coca. ¿Y sabes dónde están las mayores plantaciones de coca? La gente cree que en Colombia, pero no es así. La mayor parte de la coca se cultiva en mi país, en Bolivia; luego se cosecha y se pisa para convertirla en pasta de coca. Esa pasta se envía a Colombia, donde están los laboratorios que la convierten en cocaína, y son los carteles colombianos los que la distribuyen por todo el mundo —hizo una pausa—. ¿Lo entiendes?

—Sí, claro... —Pablo frunció el ceño, desconcertado—. ¿Pero qué...?

—Aguarda a que acabe, Pablito —doña Flor cerró los ojos y prosiguió su relato—. En Bolivia hay un hombre muy poderoso llamado Aurelio Coronado. Su familia era una de las más ricas del país, y posee grandes fincas, y enormes rebaños de reses. Pero es un hombre muy ambicioso y no le bastaba con su fortuna, así que durante los años setenta adquirió grandes extensiones de terreno en la región del Chaparé y las dedicó al cultivo de la coca. Luego se puso de acuerdo con el cartel de Cali y así fue cómo se convirtió en un *pichicatero.*

—¿Un qué...?

—En mi país le decimos «pichicata» a la cocaína, y «pichicateros» a los que trafican con ella —doña Flor dio un vistazo a su reloj antes de proseguir—. Aurelio Coronado no tardó en ser el *pichicatero* más poderoso de Bolivia. Compraba a policías y a políticos, y asesinaba a los que se atrevían a enfrentarse a él. Pero eso no es lo peor, Pablito. ¿Sabes cómo se las

164

arregla para cultivar la coca? Sus hombres contratan a jóvenes de los pueblos, muchachos de tu edad, ofreciéndoles generosos jornales. Los meten en camiones, se los llevan para el Chaparé y, luego, jamás se vuelve a saber de ellos, porque cuando llegan a las plantaciones de coca, esos muchachos son encadenados y esclavizados, y así los mantienen hasta que mueren por el maltrato. Ésos son los métodos del poderoso Aurelio Coronado —desvió la mirada y permaneció en silencio unos segundos; cuando volvió a hablar su tono era apagado—. Ya te conté que Luis, mi esposo, trabajaba como piloto para una compañía cárnica. Lo que ni él ni yo sabíamos es que esa compañía pertenecía en realidad a la familia Coronado. Pues bien, cierto día, hace dos años, los hombres de don Aurelio le hicieron a Luis una visita. Querían que llevase en su avión un cargamento de pasta de coca y le ofrecieron muchísimo dinero por hacerlo. Pero Luis era un hombre honrado y se negó —la mujer esbozó una sonrisa amarga—. Aurelio Coronado no es persona que aguante de buen grado las negativas, así que, días más tarde, una bomba explotó en el avión de mi esposo cuando sobrevolaba los Andes.

La mirada de doña Flor volvió a perderse. Sus ojos se humedecieron y, de nuevo, se mordió los labios para no llorar.

—Asesinaron a su marido... —musitó Pablo, atónito.

—Lo mataron —asintió la mujer en tono repentinamente firme—. Y yo juré sobre su cadáver, por lo más sagrado, que vengaría su muerte —se cruzó de brazos—. Por aquel entonces yo trabajaba como peluquera en La Paz, pero lo abandoné todo, vendí mi negocio, dejé a mi hijita con unos familiares y me fui para el Chaparé, a trabajar en las plantaciones de coca. Tenía la esperanza de que algún día aparecería por allí Aurelio Coronado, y entonces le mataría, aunque fuera con mis manos desnudas —respiró hondo para contener la rabia—. Pero pasaron los meses y Coronado no se presentó. Luego supe que ni siquiera vivía en Bolivia, sino en una finca de la selva amazónica, muy lejos de mi alcance.

—¿Pero por qué hizo eso? Podría haberlo denunciado a la policía.

Doña Flor sacudió la cabeza y suspiró.

—Los policías honrados tienen atadas las manos, y los policías corruptos me hubieran metido un balazo en la cabeza. No, sólo podía confiar en mí misma —dirigió una mirada al teléfono y volvió a consultar el reloj—. Durante dos años —prosiguió— recorrí todas las plantaciones del Chaparé, trabajando como cocinera, o como fregona, aunque en realidad lo que intentaba era conseguir información, cualquier dato que me permitiera llegar a Aurelio Coronado. En mi país los hombres son muy machistas y para ellos una mujer, una pobre viuda como yo, no supone ningún peligro, así que los capataces no tenían reparos en platicar conmigo y contarme cosas que quizá a otro no le hubieran revelado. Y así fue como, hará poco más de un mes, encontré el modo de acabar con Coronado.

La mujer enmudeció y dejó que su mirada se posara otra vez en el teléfono, como si quisiera arrancarle

166

el timbrazo que estaba aguardando. Siguió un largo silencio que Pablo rompió al decir:

—Doña Flor, me tiene sobre ascuas...

—Por aquel entonces yo trabajaba como cocinera en una plantación de coca, al oeste del Chaparé —prosiguió la mujer sin apartar la vista del teléfono—. Un día llegaron a la casa grande dos camiones con un cargamento especial. Esos camiones permanecieron aparcados, día y noche, bajo la custodia de hombres armados, y nadie hablaba acerca de lo que transportaban. Uno de los trabajadores me contó que se aguardaba la llegada de un avión que recogería el cargamento para llevárselo a otro lugar, pero no dijo de qué se trataba. Tanto misterio me picó la curiosidad, así que le hice una visita a Herminio Durazno, llevándole como obsequio dos botellas del mejor whisky del patrón. Herminio Durazno era el capataz de la finca, la mano derecha del jefe, un hombre corajudo y violento, pero débil con la bebida. Me senté a su lado, charlando de naderías, y contemplé cómo se bebía, una detrás de otra, las dos botellas. Cuando acabó estaba tan mamado que no sabía ni lo que hacía ni lo que decía, y así fue como conseguí que me revelara el secreto del cargamento —apartó la mirada del teléfono y la fijó en los ojos del muchacho—. Aquellos camiones no transportaban pasta de coca, sino diez toneladas de cocaína pura. Cocaína, ¿comprendes? Coronado iba a traicionar a sus socios colombianos.

—Un momento, un momento —la interrumpió Pablo—. Creo que me he perdido...

—Pero si es muy simple, Pablito: Coronado le vendía la pasta de coca al cartel de Cali y eran los colombianos los que la refinaban para obtener *pichicata*. Coronado no podía refinar coca, y si lo estaba haciendo es porque se proponía distribuirla él mismo, sin los de Cali. Ya te dije que ese hombre es muy ambicioso; sabía que los colombianos sacaban la mejor tajada del negocio al ocuparse del refinado y la distribución, y pensaba que a él sólo le dejaban las migajas, de modo que llegó a un acuerdo con los *gallegos...*

—¿Con quiénes?

—Con los *gallegos*, los *narcos* españoles, que son los que se ocupan de meter la cocaína en Europa. Coronado se ofreció a venderles la *pichicata* por la mitad del precio que cobraban los de Cali. Y los *gallegos* aceptaron.

—Comprendo —dijo, pensativo, Pablo—. Coronado quería independizarse del cartel de Cali y quedarse con todo el negocio. Y la cocaína que había en los camiones iba a ser trasladada a España...

—Por eso se guardaba tanto secreto: Coronado no quería que los colombianos supieran lo que estaba haciendo, porque si se enteraban irían a por él —lo ojos de doña Flor se endurecieron—. Entonces comprendí que ésa era mi oportunidad. Si les contaba a los *narcos* de Cali los planes de Coronado, se desataría una guerra entre carteles, y los colombianos acabarían con la organización de Aurelio Coronado para siempre. Pero necesitaba pruebas, tenía que avisar a los de Cali justo cuando se realizase la entrega de la cocaína, aquí, en España. Lo malo es que la *pichicata* iba a partir en breve y yo aún no estaba preparada. Tenía que regresar a La Paz, recoger a mi hijita y comprar los pasajes de avión. Y no tenía tiempo..., así que tuve que hacer una locura —se humedeció los labios con la lengua—. Al cabo de dos días llegó el avión, un cuatrimotor enorme pintado con colores de camuflaje. Metieron en sus bodegas las diez toneladas de *pichicata* y llenaron los tanques de nafta. Y, justo cuando el aeroplano estaba repostando, aproveché un descuido de la guardia para introducirme en la cabina. Me puse a los mandos y despegué.

—¡¿Que hizo usted qué?! —exclamó Pablo, estupefacto.

—Luis me enseñó a pilotar, Pablito. No lo hago muy bien, pero conseguí elevar aquel cacharro y sacarlo del Chaparé —una medio sonrisa se dibujó en sus labios—. Todavía recuerdo la cara de sorpresa que se les puso cuando me vieron conducir el avión por la pista de despegue.

—¿Y qué pasó con la cocaína?

—Aterricé en un descampado, a unos cien kilómetros de La Paz, y le prendí fuego al aeroplano y a su cargamento. Luego fui a la capital, recogí a Samara y me vine para Madrid. En el avión había encontrado unos papeles con los datos de la empresa a la que había que entregar la *pichicata* para su transporte a España. Era una compañía agrícola norteamericana (aunque sus verdaderos dueños eran los Coronado) dedicada a la exportación de azúcar y grano, y tenía oficinas en Chicago, en La Paz y en Madrid, así que yo conocía el lugar donde se iba a entregar la droga. Lo malo es que Coronado averiguó quién era yo y mandó hombres a buscarme.

—Por eso han secuestrado a Samara —musitó Pablo.

Doña Flor bajó la mirada y asintió.

—Al llevarme su cocaína —dijo con un murmullo—, le robé cincuenta millones de dólares a Aurelio Coronado. Ahora quiere vengarse de mí.

—¿Y qué va a pasar? —preguntó el muchacho al cabo de unos segundos.

—Coronado tuvo que retrasar su negocio hasta conseguir refinar otras diez toneladas de *pichicata*. Pero se me antoja que eso ya lo ha hecho, y que la entrega de la droga a los *gallegos* se producirá muy pronto, aquí mismito, en Madrid —se inclinó hacia delante y miró fijamente a Pablo—. Ahí es donde intervienes tú, *m'hijito*. Ése es el favor que te quiero solicitar. Verás, he escrito una carta en la que...

De pronto, el timbre del teléfono sesgó como una alarma la atmósfera del salón. Doña Flor intercambió una fugaz mirada con el muchacho y descolgó rápidamente el auricular.

—¿Hola?

—Mami, soy Samara. Ellos me encontraron y... —un sollozo—. Te desobedecí, mami, salí a la calle, perdóname...

—¡Samara, hijita!, ¿estás bien?

Repentinamente, una voz de hombre sustituyó la de la muchacha.

—Señora Huanaco: si quiere volver a ver con vida

170

a su hija, escuche atentamente lo que voy a decirle...

—¡Si le hace algo a Samara, le mataré! ¿Me oye?, ¡le mataré!

—Colabore y nada le pasará a su hija. Pero no vuelva a interrumpirme o colgaré —una pausa cuajada de estática—. Las instrucciones son éstas: debe presentarse dentro de veinte minutos en el cruce de la carretera de Aravaca con la autopista. Allí la recogerá un vehículo que la conducirá al lugar donde se encuentra su hija. Venga sola. ¿Lo ha entendido?

—Sí —contestó doña Flor con un hilo de voz—; allí estaré.

—Perfecto. Por último, tenga muy presente una cosa, señora Huanaco: si llama a la policía, o hace algo que nos parezca sospechoso, Samara morirá.

Un repentino chasquido y al oído de doña Flor llegó el zumbido de una línea muerta. Lentamente colgó el auricular.

—¿Qué han dicho? —preguntó Pablo con impaciencia.

La mujer cerró los ojos y se acarició las sienes con la yema de los dedos.

—Tengo que reunirme con ellos dentro de veinte minutos —murmuró.

—¡Pero eso es una locura! ¡Hay que llamar a la policía!

—Aguarda un momento, Pablito...

Doña Flor salió de la habitación y regresó apenas un minuto después trayendo un pequeño sobre en las manos.

—Ésta es la carta de la que te hablaba —dijo—. Va

dirigida a Rubén Luján, un abogado colombiano que, en realidad, es el representante del cartel de Cali en Madrid. En la carta relato todo lo que sé de los planes de Aurelio Coronado para traicionar a sus socios —le entregó el sobre al muchacho—. Quédatela y aguarda aquí. Si no he vuelto dentro de dos horas, llévale la carta al señor Luján. La dirección está en el dorso.

—¡Ni hablar! —exclamó Pablo, dejando el sobre encima de la mesa—. Usted no va a ir a ninguna parte. Lo que haremos es llamar a la policía.

—No, Pablito —suplicó la mujer—; matarán a Samara...

De improviso, doña Flor se tambaleó como si perdiera el equilibrio y se dejó caer sobre la silla. Su rostro estaba pálido como la cera.

—¿Qué le pasa? —preguntó alarmado Pablo—. ¿Se encuentra mal?

—Estoy mareada... —tragó saliva—. ¿Tendrías la bondad de traerme un vaso de agua...?

El muchacho dudó unos instantes y luego echó a correr hacia la cocina. Cogió un vaso, lo llenó bajo el grifo y regresó al salón. Pero doña Flor ya no estaba allí. Pablo profirió una maldición, corrió a la puerta principal y salió al exterior. La calle estaba desierta. Volvió a maldecir y entró en la casa. Durante unos minutos permaneció inmóvil, de pie en el centro del salón, pensando.

¿Qué podía hacer? Doña Flor había dicho que si intervenía la policía Samara moriría, pero lo único que se le ocurría era precisamente eso: llamar a la policía. O bien, podía obedecer a la mujer y aguardar aquellas dos horas... Contempló el sobre que descansaba encima de la mesa y comenzó a dar vueltas de un lado a otro, como un animal enjaulado. No podía quedarse ahí, sin hacer nada, esperando. Si supiese dónde había ido doña Flor..., pero no había forma de averiguarlo.

¿O sí la había?

Pablo se detuvo con un repentino brillo en la mirada y recordó algo que le habían dicho recientemente: «Querrás volver a verme». Sacudió la cabeza; aquél era un pensamiento absurdo, no tenía ningún sentido. Pero, cuantas más vueltas le daba, más se obsesionaba con la idea.

Y, de pronto, decidió ponerla en práctica.

El problema es que tenía que salir de casa, y alguien debía quedarse allí por si llamaba doña Flor. Meditó unos instantes, se aproximó al teléfono y marcó un número.

—Dígame —contestó una voz.

—Gabriel, soy Pablo. Tienes que ayudarme, es muy importante. Escucha, ven ahora mismo a mi casa, y tráete tu moto...

*　*　*

Doña Flor no tuvo que aguardar mucho. Apenas un par de minutos después de llegar al cruce con la autopista, una camioneta negra se detuvo a su lado. El conductor, un hombre joven, de rostro agraciado y cabellos muy cortos, la invitó con un gesto a subir.

—Buenas tardes, señora Huanaco —dijo Luna mientras la mujer se acomodaba en el asiento contiguo—. Créame cuando le digo que es un honor conocerla.

—No me venga con zalamas —contestó doña Flor, ignorando la mano que le tendía el asesino—. Usted no es más que un maldito sicario.

—Es cierto, lo soy —repuso Luna con una sonrisa—. Pero eso no me impide admirar sus redaños, señora.

—¿Cómo está mi hija? —le cortó doña Flor.

—La última vez que la vi se encontraba perfectamente. Pero usted misma podrá comprobarlo: ahora vamos a reunirnos con ella.

El asesino sonrió de nuevo y arrancó la camioneta, para incorporarse al denso tráfico que circulaba por la autopista.

*　*　*

Justo en ese mismo momento dos inmensos camiones cruzaban la verja de entrada de la Sugar & Grain y aparcaban en el garaje situado a la izquierda del edificio de oficinas. Los conductores dejaron las llaves puestas en los contactos, le entregaron a Manuel Zárate la documentación de los vehículos y, tras firmar el parte de ruta, se marcharon a sus casas. Habían hecho un largo viaje desde el puerto de Cádiz hasta Madrid y estaban cansados.

Manuel examinó la carga de los vehículos y luego ordenó a sus hombres que nadie se acercara a ellos. Tenía un buen motivo para hacerlo: uno de los camiones estaba lleno hasta los topes de harina de maíz. Era el señuelo, por si las cosas se ponían feas. Pero el otro camión, aunque su carga parecía consistir igualmente en sacos de harina, transportaba en realidad diez mil kilos de cocaína, pura al noventa y cinco por ciento.

* * *

—O sea, que unos narcotraficantes han secuestrado a la hija de la criada, y luego la criada se ha ido a hablar con ellos, y yo tengo que quedarme aquí a esperarla porque tú te vas a no sé dónde —Gabriel parpadeó un par de veces y añadió—: ¿Saben tus padres que tienes problemas con la bebida?

—Te estoy diciendo la verdad, lo juro —Pablo se pasó una mano por la frente—. Mira, la cosa es más complicada, pero ahora no tengo tiempo de explicártelo.

—Ese golpe es nuevo, ¿no? —dijo Gabriel, señalando el amoratado mentón de su amigo—. A veces un golpe tiene consecuencias insospechadas.

—¡Este golpe me lo ha dado el hombre que secuestró a Samara!

—Está bien, tranquilo. Más o menos te creo, aunque comprenderás que es difícil de tragar. De todas formas, primero un puñetazo en el ojo, y ahora otro en la barbilla... En tu próxima reencarnación serás un *punching bag*.

—Gabriel...

—Vale, vale. Me callo. ¿Qué quieres que haga?

—Dame las llaves de la moto.

—Pero si conduces fatal...

—¡Las llaves!

Gabriel vaciló un instante y, finalmente, le entregó —con no pocas reticencias— las llaves de su ciclomotor a Pablo.

—Escucha —advirtió—: no lo aceleres, que tiene sucio el carburador, y no gastes mucha gasolina, que estoy sin blanca.

—No te preocupes —contestó Pablo, dirigiéndose a la puerta de salida—. Tú quédate aquí y no hagas nada hasta que vuelva.

—Vale, pero ¿me vas a decir de una puñetera vez adónde vas?

—A ver a un *yatiri* —contestó Pablo mientras salía de la casa.

Gabriel permaneció unos momentos estático, inexpresivo; luego echó a correr hacia la ventana, se asomó por ella y gritó:

—¡Vigila la bujía, que se engrasa! —hizo una pausa—. ¿Y qué demonios es un *«yatiri»*...?

*   *   *

Doña Flor bajó de la camioneta y siguió a Luna hacia la entrada de la Sugar & Grain. Se introdujeron en el edificio y recorrieron en silencio los solitarios pasillos, hasta llegar a una puerta que se hallaba custodiada por un hombre armado.

—Ve a buscar al señor Zárate —le ordenó el asesino—. Dile que doña Flor Huanaco ya ha llegado.

El guardián asintió con un gruñido y se alejó por el pasillo. Luna descorrió el cerrojo que bloqueaba la puerta, la abrió e hizo un amplio ademán con la mano, invitando a entrar a la mujer. Doña Flor dudó unos instantes y luego se introdujo en la habitación, una sala sin ventanas, amueblada tan sólo con una mesa y cuatro sillas. En una de ellas estaba sentada Samara.

—¡Mami! —exclamó la muchacha, incorporándose.

—¡Samara!

La dos mujeres se fundieron en un estrecho abrazo, y doña Flor acarició el cabello de su hija mientras le musitaba palabras de consuelo al oído, y la muchacha lloró desconsoladamente sobre el hombro de su madre, intentando en vano articular una frase de disculpa.

Al cabo de unos minutos Luna carraspeó.

—Disculpen que interrumpa este emotivo encuentro —dijo, sin un ápice de burla en la voz—, pero me gustaría saber algo, señora Huanaco, y no sé si luego tendré oportunidad de preguntarle. ¿Por qué lo hizo? ¿Por qué decidió robarle nada más y nada menos que a don Aurelio Coronado?

Doña Flor se volvió hacia el asesino, sin apartar en ningún momento su brazo de los hombros de Samara, como si así pudiera proteger a su hija de todo mal.

—Porque Aurelio Coronado asesinó a mi esposo —contestó.

—Ah, una *vendetta*... —Luna sonrió débilmente—. De modo que usted piensa que la muerte de su marido vale cincuenta millones de dólares. Don Luis Quispe debió de ser un hombre excepcional.

—No hay dinero en el mundo para compensar la muerte de mi esposo —replicó con sequedad doña Flor.

La puerta se abrió súbitamente, con brusquedad. Manuel Zárate entró en la sala a grandes pasos y contempló, sonriendo complacido, el rostro de doña Flor; luego se volvió hacia el asesino y le palmeó la espalda.

—Felicidades, señor Luna. Ha hecho usted un trabajo excelente —Manuel se encaró de nuevo con la mujer—: Gusto en verla, doña Florita. Nos ha dado usted muchos quebraderos de cabeza, así que no nos haga perder más el tiempo. ¿Qué hizo con la *pichicata* que nos robó?

—En primer lugar —respondió la mujer, sin rehuir la mirada de Manuel—, no me llamo Florita, sino Flor. En segundo lugar, quemé su maldita droga junto con el avión. Por último, y préstame mucha atención, señor Zárate, sepa que estoy al corriente de la traición que Coronado planea contra sus socios colombianos y que, si mi hija no abandona sana y salva este lugar antes de una hora, alguien hará llegar esa información al señor Rubén Luján, jefe del cartel de Cali en Madrid.

Manuel tardó unos segundos en darse cuenta de que tenía la boca abierta; la cerró rápidamente y se volvió hacia Luna.

—¿Le ha contado usted algo? —preguntó.

—Ni siquiera sé de qué está hablando —respondió el asesino con un encogimiento de hombros.

Manuel contempló con firmeza a doña Flor; luego se dio la vuelta y echó a andar hacia la salida.

—Tengo que informar de esto a Tacho —dijo—. Aguarde aquí, señor Luna.

* * *

Felicidades, señor Luna. Ha hecho usted un trabajo excelente...

—¡Viste, te dije que querrías volver a hablar conmigo! —don Régulo se volvió hacia su viejísima mujer y sonrió, mostrando el interior de su desdentada boca—. No fallo una, María, estoy en forma.

Se encontraban en el cuartucho del *yatiri*, rodeados de figuras de dioses incas, como Viracocha, Inti o Mama Ocllo, que se mezclaban en curiosa armonía con piadosas imágenes de santos católicos. Las máscaras de madera colgaban de las paredes, con sus huecas miradas perdidas en el infinito.

—Esto es muy urgente, don Régulo —dijo Pablo en tono apremiante—. Tengo que saber dónde se encuentra ahora doña Flor.

—Ah, ¿no es un asunto de amores? —el anciano frunció el ceño—. A mí se me dan bien las consultas de romances y amoríos; son tan románticas... Pero tampoco me defiendo mal buscando a la gente, no te vayas a creer... ¿Quién dices que se ha perdido? ¿Doña Flor? Pues vamos a ver qué se puede hacer —tomó asiento trabajosamente en el suelo y extendió la mano—. El dinero —exigió.

Pablo le entregó un billete que el *yatiri* hizo desaparecer rápidamente en un bolsillo. Luego cogió una botella de aguardiente y dio un largo trago directamente del gollete.

—Esta vez —dijo el viejo, limpiándose la boca con la manga— no usaré ceniza. El tabaco da cáncer, ¿sabes? —se echó a reír de su propio chiste y dio un nuevo trago—. Mejor el aguardiente, que además calienta las tripas.

Don Régulo bebió hasta dejar mediada la botella.

180

Luego cerró los ojos y empezó a recitar una oscura letanía:

—*Pachamama, ahayu, ¡hutam, hutam!*...

Durante los siguientes minutos, el viejo prosiguió con su incomprensible monólogo. Pablo, sentado frente a él, no pudo evitar pensar que debía de estar loco al recurrir a ese absurdo adivino. Aquello no tenía sentido: estaba perdiendo el tiempo, allí, con un viejo borracho, mientras doña Flor y su hija se encontraban en manos de una banda de narcotraficantes. Y, sin embargo, algo en su interior le decía que estaba haciendo lo correcto.

De pronto, don Régulo gritó: «*¡Pachamama!*» y, agitando la botella, roció de aguardiente la habitación, incluyendo a Pablo.

—¡Eh, qué hace...! —exclamó el muchacho, limpiándose el alcohol de la cara.

—Es la *challa*, tonto, la ceremonia del aguardiente —gruñó el viejo—. No me interrumpas.

Don Régulo se sumió en un reconcentrado silencio mientras contemplaba fijamente los charcos de aguardiente. De repente profirió un grito inarticulado, puso los ojos en blanco y susurró:

—Doña Flor está en un lugar lleno de empresas y fábricas... Y debes encontrarla pronto, porque su vida corre peligro.

—Pero Madrid está lleno de empresas y fábricas —protestó Pablo.

El viejo cerró los ojos y guardó un largo silencio.

—Es un lugar dulce —dijo finalmente—. Un lugar donde hay *miskhi*.

—¿«*Miskhi*»...? ¿Qué es «*miskhi*»?

—Pues *miskhi*, azúcar. ¿Es que no sabes hablar quechua? Doña Flor está donde el azúcar —don Régulo masculló una frase ininteligible y añadió—: Eso es todo, puedes irte.

Mientras Pablo abandonaba la casa del *yatiri* su cerebro trabajaba a toda velocidad. Aparentemente no había sacado nada en claro de su visita a don Régulo, como, por otra parte, era de esperar. Sin duda estaba loco por haber pensado que aquel absurdo adivino podría ayudarle. Sin embargo, el viejo aseguraba que doña Flor estaba en un lugar lleno de empresas y donde había azúcar, y eso le recordaba a Pablo algo que le había contado doña Flor...

Se detuvo junto al ciclomotor y cerró los ojos, haciendo memoria. Doña Flor dijo que en el avión que transportaba la cocaína había encontrado unos documentos en los que se revelaba el nombre de la empresa que iba a transportar la droga, una empresa... dedicada a la exportación de azúcar y grano.

¡Azúcar!

En cualquier caso, pensó el muchacho, la mujer no había mencionado el nombre de la empresa, aunque sí dijo que era norteamericana y que tenía delegaciones en Chicago, La Paz y Madrid. Y eso era un buen montón de datos.

Pablo introdujo la llave en el contacto y arrancó el ciclomotor.

Ya sabía lo que tenía que hacer.

* * *

—Vaya, vaya, Lunita —dijo Tacho Coronado mientras entraba en la sala acompañado de Manuel y flanqueado por sus dos guardaespaldas—, después de todo lo conseguiste —puso los brazos en jarras y contempló con una sonrisa despectiva a doña Flor—. Mira a quién tenemos aquí: la chola ladrona y su hija la cholita... Manuel dice que tú sabes cosas que no deberías saber.

—Sé que vais a traicionar a los de Cali —contestó, impasible, doña Flor—. Y también sé que, si no dejáis libre a mi hija, el señor Rubén Luján recibirá una carta donde se lo cuento todo. Yo me quedaré, pero mi hija tiene que marcharse.

—Te lo dije, Tacho —intervino Manuel—. No deberíamos haber traído aquí a estas guarichas. Tu padre no quería que este asunto pusiera en peligro nuestro negocio.

—Pero papá no está aquí, ¿cierto? —Tacho sonrió con suficiencia—. Y no hay ningún peligro. Esa chola no sabe ni vaina, se está tirando un farol.

—Pero...

—Basta ya, Manuel; no te me pongas zumbón. Los *gallegos* están a punto de llegar y tenemos muchas cosas que hacer. Luego nos ocuparemos de estas pendejas —Tacho se encaminó hacia la puerta; al pasar junto a Luna le dio un par de palmaditas en la cara y le dijo—: Muy bien, Lunita, muy bien. Te has ganado tu salario, ¿eh, huevón?

Luna pensó que con mucho gusto le rompería todos los huesos de la mano a aquel tipo insufrible, pero ya faltaba poco para que todo terminara, así que se las arregló para poner cara de póquer y no decir ni hacer nada mientras Tacho Coronado abandonaba la sala.

* * *

—¿Ha llamado doña Flor? —preguntó Pablo, tras entrar como una tromba en el salón de su casa.

—No ha llamado nadie —contestó Gabriel, apartando la mirada del televisor—. Oye, hueles a alcohol...

Pablo ignoró el comentario de su amigo y consultó el reloj: ya habían pasado las dos horas fijadas. Se aproximó corriendo al teléfono y marcó el número de Laura Sandoval.

—¿Laura? —dijo cuando la muchacha se puso al aparato—. Escucha, necesito tu ayuda. ¿Tienes unos minutos?

—Sí, claro... —la voz de Laura sonaba débil a través de la línea—. Pareces muy excitado, ¿sucede algo...?

—Sí, sí que sucede algo. Pero ahora no tengo tiempo de explicártelo. Mira, necesito que entres en los ordenadores del ministerio de Agricultura, o en el de Comercio, y localices una información para mí.

—¿Que entre en los ordenadores del gobierno...? —preguntó estupefacta la muchacha—. Pero eso es ilegal.

—Ya lo sé, pero es una cuestión de vida o muerte. Laura, tú eres un genio de la informática; no tengo a nadie más a quien recurrir. Te lo ruego, hazlo por mí.

184

La línea telefónica permaneció silenciosa unos segundos.

—De acuerdo —accedió finalmente la muchacha—. ¿Qué quieres que busque?

Pablo respiró aliviado.

—Se trata de una empresa agrícola. No conozco el nombre, pero sé que es norteamericana y...

Pablo le proporcionó todos los datos a Laura y, tras suplicarle que se diera mucha prisa, colgó el auricular. Luego se puso a dar vueltas de un lado a otro del salón, con las manos entrelazadas a la espalda y el ceño fruncido. Gabriel le contempló en silencio durante un rato y luego volvió a concentrarse en el capítulo de *Los Simpson* que la televisión transmitía en aquel momento.

Poco más de media hora después el teléfono sonó.

—¿Sí? —contestó Pablo apresuradamente.

—He encontrado lo que querías —dijo la apagada voz de Laura—. La empresa se llama International Sugar & Grain Company. Su sede central está en Chicago y tiene oficinas en La Paz y en Madrid.

—¡Fantástico! —exclamó Pablo—. ¿Y la dirección?

—Polígono Industrial de Cerro del Espino, en la carretera de Pozuelo —Laura hizo una pausa—. ¿Qué está pasando, Pablo?

—Ahora no tengo tiempo, Laura. Ya te lo contaré todo. Muchísimas gracias, de verdad, me has ayudado mucho. Adiós —Pablo colgó el auricular y se volvió hacia Gabriel—. Tenemos que irnos —dijo, al tiempo que recogía de encima de la mesa la carta de doña Flor y se la guardaba en un bolsillo.

—¿Irnos? ¿Adónde?

—A un polígono industrial —Pablo se dirigió a la salida—. Vamos, date prisa.

—Pero si ya es casi de noche... —Gabriel echó a andar tras su amigo—. ¿Y por qué hueles a alcohol?

* * *

Las calles del polígono industrial, débilmente iluminadas por las escasas farolas que jalonaban las aceras, estaban desiertas. Eran las nueve y media de la noche y toda actividad había cesado; las naves y los edificios habían quedado sumidos en una casi sobrenatural quietud.

Los dos muchachos recorrieron aquel entramado de talleres, industrias y oficinas en el ciclomotor. Gabriel conducía despacio, mientras Pablo, sentado detrás, se dedicaba a inspeccionar los nombres de las empresas: Forjas Retuerto, Imprenta Sterbbins, Drees Nederlanden España SA, Textiles Vda. de Reyzabal... Llevaban diez minutos dando vueltas y más vueltas cuando se adentraron por una calle situada al final del polígono. Allí sólo había una empresa, en cuya fachada un rótulo rezaba: «International Sugar & Grain Company».

—¡Es aquí! —exclamó Pablo al oído de su amigo.

—Vale, pero no grites —dijo Gabriel—. ¿Qué hago? ¿Paro?

—Sí, pero no aquí. Sigue hasta doblar la curva y aparca junto a la arboleda.

186

Gabriel, con expresión de abierto escepticismo, obedeció las indicaciones de Pablo y aparcó el ciclomotor unos doscientos metros más allá. Después, ambos se internaron en el bosquecillo y desde ese lugar, ocultos tras los árboles, espiaron las instalaciones de la empresa. Pablo advirtió que en el aparcamiento, muy cerca de dos inmensos camiones marcados con el logotipo de la compañía, permanecía estacionada una camioneta BMW negra.

—Ahí está doña Flor —murmuró.

—¿Cómo lo sabes?

—Si te lo dijera, creerías que estoy loco.

—Ya creo que estás loco, así que puedes explayarte —Gabriel frunció el ceño y olfateó las ropas de su amigo—. ¿Seguro que no has bebido?

—Un viejo me roció con aguardiente —repuso Pablo con cansancio—, ya te lo he dicho.

—Sí, sí; pero no es normal, compréndelo. Los ancianos se dedican a pescar, a dar de comer a las palomas o a afeitarse los pelos de las orejas, pero no a tirarle cubatas a la gente.

Pablo ya no hacía el menor caso al soliloquio de su amigo. Ahora toda su atención estaba centrada en las instalaciones de la Sugar & Grain. Tenía que entrar allí, pero ¿cómo? Había un guarda en la entrada y otros dos recorrían el recinto siguiendo la verja. Tardaban más o menos dos minutos en dar una vuelta completa, de modo que si durante ese lapso de tiempo pudiera desviar de algún modo la atención del guarda que custodiaba la puerta...

—Oye —dijo de pronto—, ¿no hemos pasado delante de una pizzería al venir para acá?

—Creo que sí. ¿Qué pasa, te ha entrado hambre? Porque a mí me cruje el estómago...

—Escucha —le interrumpió Pablo, sacando del bolsillo la carta de doña Flor—: cuando yo entre ahí, tú tienes que ir directamente a entregar esto. Es muy importante. Lo entregas y te vas a casa, ¿vale?

—¿Quién es Rubén Luján? —preguntó Gabriel mientras contemplaba el sobre con desconcierto—. ¿Y qué es eso de que vas a entrar ahí?

—Ya te lo explicaré. Venga, date prisa que tenemos que irnos.

—¿Pero adónde vamos ahora?

—A comprar unas pizzas —repuso Pablo, dirigiéndose al ciclomotor.

*　*　*

El guarda que vigilaba la entrada de la Sugar & Grain se llamaba Olegario Valdés y estaba mortalmente aburrido. Sabía que se esperaba una visita importante y que los jefes siempre se ponían muy nerviosos en esas circunstancias y se empeñaban en reforzar las medidas de seguridad, pero llevaba casi cuatro horas vigilando el portalón de la verja y por allí no había pasado nadie, salvo aquellos dos enormes camiones. Era para morirse de tedio.

De pronto, el ruido de un motor llegó a sus oídos. Giró la cabeza y vio que un joven se acercaba a él conduciendo una pequeña moto. Instintivamente, Valdés se llevó la mano a la culata del revólver que portaba

188

al cinto, pero su desconfianza se esfumó al advertir que el muchacho llevaba en la cabeza una gorrita con la inscripción «Pizza Quick».

—Buenas noches, jefe —saludó Gabriel, bajando del ciclomotor—. Traigo una de salami, otra de jamón y huevo y una especial criolla con doble ración de queso. ¿Dónde hay que llevarlas?

—Párate ahí, petiso —gruñó Valdés—. Aquí nadie ha encargado comida.

—Ah sí, sí que la han pedido —le mostró un papel—. Mire: tres pizzas tamaño grande para la Sugar & Grain. Quizá olvidaron decírselo...

Valdés se vio obligado a reconocer interiormente que eso era muy posible —a él nunca le contaban nada—, así que le hizo un gesto al muchacho indicándole que aguardase y se dirigió a la cancela del portal. Habló brevemente a través del interfono y luego volvió junto a Gabriel.

—Lo siento, chico; te embromaron. Nadie solicitó pizzas.

—Vaya por Dios, me la han vuelto a jugar... —el muchacho adoptó una expresión de intensa contrariedad.

De pronto, sus ojos se iluminaron.

—Mire, las pizzas se echarán a perder de todas formas, así que, si le parece, se las dejo a mitad de precio; ¿vale?

Valdés frunció el ceño. Lo cierto es que tenía hambre...

—¿Hay alguna con anchoas? —preguntó.

—No, pero la de jamón es deliciosa. Fíjese.

Gabriel desató las planas cajas de cartón que llevaba en el trasportín del ciclomotor. Abrió una y se la mostró al guarda. Éste avanzó unos pasos, dando la espalda al portal, y olisqueó la pizza con desconfianza. Justo en ese momento, Pablo salió de detrás de los arbustos que crecían a la orilla de la carretera y se dirigió despacio, procurando no hacer ruido, al portalón de la verja.

—No me gusta el jamón —dijo Valdés, y empezó a darse la vuelta.

—¡Un momento! —le contuvo Gabriel—. ¿Y qué me dice de la de salami? Es un bocado exquisito, créame.

Mientras el guarda contemplaba la pizza, pensativo, Pablo llegó a la altura del portal y comenzó a cruzar la verja.

—Tampoco me gusta el salami.

Valdés hizo amago de girarse de nuevo. Gabriel le agarró casi histéricamente por el brazo.

—¡Entonces, la criolla! —tragó saliva—. Vale, jefe, veo que es usted un *gourmet*. No puedo engañarle, la criolla es justo lo que se merece. Imagínese: carne picada, con aceitunas, pimiento, guindilla y un delicioso toque de orégano, sobre una doble capa de *mozzarella*. Mire...

El muchacho abrió la última caja. Valdés frunció la nariz y olió la pizza con aire de experto catador. Por el rabillo del ojo, Gabriel vio que Pablo echaba a correr sigilosamente hacia las instalaciones del edificio y desaparecía por entre las sombras que bañaban el aparcamiento.

—*Okay*, petiso —aceptó Valdés—. Me quedo con la criolla. Pero a mitad de precio, ¿eh?, si no, no hay trato...

Gabriel suspiró aliviado y le entregó al hombre las tres pizzas.

—Mire, me ha caído usted bien —dijo—. Se las regalo todas.

—Vaya, gracias... —musitó el sorprendido guarda.

Gabriel subió apresuradamente al ciclomotor y, sin la menor vacilación, se alejó de allí. Nada más perder de vista la Sugar & Grain tiró al arcén la gorrita de repartidor (el encargado de la pizzería les había exigido una cantidad exorbitante a cambio de desprenderse de ella, pero lo cierto es que era un asco de gorra); luego abandonó el polígono industrial y se dirigió a toda velocidad al domicilio de Rubén Luján, jefe local del cartel de Cali.

*   *   *

Cuando, diez minutos más tarde, los *gallegos* llegaron al edificio de la Sugar & Grain en tres lujosos Mercedes, encontraron a Olegario Valdés dando buena cuenta de una enorme pizza criolla. El guarda se atragantó al verlos y, tras un violento ataque de tos, anunció por el interfono la llegada de los visitantes. Luego, algo avergonzado, les abrió servicialmente la verja de entrada.

En realidad, los *gallegos* no eran gallegos, pero todos les conocían por ese nombre en el oscuro mundo del narcotráfico. Su organización se ocupaba de distribuir parte de la cocaína procedente de Sudamérica por los países de la Unión Europea, y tenían a gala considerarse algo así como una honrada y eficaz empresa de transportes, aunque, desde luego, sus métodos distaban mucho de ser ortodoxos.

Germán Rubirosa, uno de los jefes más importantes del clan de los *gallegos*, fue efusivamente recibido por Tacho Coronado y Manuel Zárate. Tacho insistió en subir a la oficina para tomar una copa antes de hablar de negocios, pero el señor Rubirosa desdeñó la invitación con un gesto y dijo:

—Veamos primero la mercancía.

Así que, en medio de un tenso ambiente, se encaminaron todos al aparcamiento. Nadie dijo nada hasta llegar a la altura de los dos grandes camiones.

—La *pichicata* está en ese vehículo, don Germán —dijo Tacho con una sonrisa zalamera—. En el otro sólo hay harina.

El señor Rubirosa chasqueó los dedos. Uno de sus hombres subió rápidamente al camión indicado, eligió al azar uno de los sacos, extrajo un poco del polvo blanco que contenía, lo probó con la punta del dedo y luego vertió una pizca en una probeta medio llena de un líquido transparente. Observó durante un rato cómo la cocaína se precipitaba en la solución y sentenció:

—Un noventa y cinco por ciento de pureza.

Germán Rubirosa sonrió satisfecho y se volvió hacia Tacho.

—Ahora sí aceptaré esa copa —dijo.

La atmósfera pareció relajarse instantáneamente y el grupo se encaminó al edificio de oficinas. Antes de entrar en él, don Germán ordenó bajar dos maletas de uno de los Mercedes. En cada una de esas maletas había veinticinco millones de dólares.

Entre tanto, oculto detrás de unos embalajes, en un sombrío rincón del solitario aparcamiento, Pablo contemplaba pensativo los dos camiones. Al parecer, había llegado justo cuando se iba a efectuar la entrega de la cocaína. Un mal momento, sin duda, o no tan malo... A fin de cuentas, la cocaína estaba ahí, a escasos metros, y si consiguiera hacerse con ella podría utilizarla como moneda de cambio para liberar a doña Flor y a Samara. Además, las llaves del camión estaban puestas en el contacto. Lo malo es que no tenía ni idea de conducir, y mucho menos un vehículo de aquel tonelaje.

Pablo respiró profundamente. Dentro de poco se llevarían el camión cargado de droga. Si pudiera hacerse con ella antes..., pero, claro, él solo no podía descargar diez mil kilos de cocaína...

De pronto, sus ojos se iluminaron con un chispazo de inspiración: ¡claro que podía hacer desaparecer la droga!

Y lo mejor de todo es que, para ello, no necesitaba más que su navaja multiusos.

* * *

Rubén Luján, sentado frente al escritorio de su bufete, terminó de leer la carta, enarcó una ceja y dirigió una severa mirada a Gabriel.

—¿Es una broma? —preguntó.

—No tengo ni idea, señor —respondió Gabriel, muy serio—. A mí me han dado ese sobre para que se lo entregase a usted, y eso es todo lo que he hecho.

—¿Quién te lo ha dado?

—Un amigo. Pero a él se lo entregó su criada, una señora boliviana.

—Así que esto lo ha escrito una mucama...

Luján examinó de nuevo la carta, atusándose pensativo las guías del bigote. Gabriel, sentado muy rígido sobre una silla, se maravilló una vez más del tremendo aspecto de mafioso de película que tenía aquel hombre.

—¿Sabes quién soy yo? —preguntó Luján.

El muchacho sacudió enérgicamente la cabeza.

—¿Y sabes lo que pone en esta carta?

—No, señor. Y, si me permite el comentario, no tengo el menor deseo de saberlo.

Luján esbozó una sonrisa.

—Chico listo —dijo.

Luego sacó de su cartera un par de billetes de diez mil, los introdujo en el bolsillo de la camisa de Gabriel y, en tono veladamente amenazador, añadió:

—Esto es para que mantengas la boca cerrada. Puedes irte.

El muchacho musitó una frase de agradecimiento y desapareció del despacho a la velocidad del rayo. Luján inclinó la cabeza y releyó algunos de los pasajes de la carta. Finalmente levantó el auricular del teléfono y marcó un número.

—Hola, Julio, soy Rubén —dijo cuando contestaron la llamada—. Oye, ¿sabes de algún avión que haya ardido cerca de La Paz hará cosa de un mes? —una pausa mientras escuchaba la respuesta—. Cargado de coca, ¿eh...? Y el avión no era nuestro, ni de los de Medellín... Otra cosa: ¿tienes idea de por dónde paran los Coronado? —una nueva pausa—. Así que el hijo está en Madrid, vaya, vaya... —frunció el ceño, pensativo—. Escucha, Julio, pasa ahora mismo a buscarme. Creo que ha llegado el momento de hacerle una visita de cortesía a Tachito Coronado.

Mientras esta conversación tenía lugar, Gabriel se encontraba en la calle, sentado en su ciclomotor pero sin decidirse a ponerlo en marcha. Aquel tipo, Rubén Luján, no es que pareciese un mafioso, es que era un mafioso. Aún se estremecía al recordar la forma en que le había dicho: «Esto es para que mantengas la boca cerrada». Sonaba como Al Pacino en esa película de Brian de Palma sobre narcotraficantes.

Gabriel se pasó una mano por la frente. ¿Y ahora qué iba a hacer? Pablo le dijo que se marchara a casa, y ya era muy tarde, sus padres estarían preocupados. Pero, ¿en qué clase de lío se había metido su amigo? Tras meditar unos instantes llegó a la conclusión de que, fuera lo que fuese, no podía dejarle en la estacada.

Con aire repentinamente decidido, Gabriel arrancó el ciclomotor y puso rumbo al polígono industrial donde se encontraban las oficinas de la Sugar & Grain.

* * *

Germán Rubirosa apenas permaneció media hora en compañía de Tacho y de Manuel. Tomaron juntos unos vasos de whisky y brindaron por el prometedor futuro de su recién estrenada alianza. Luego, don Germán hizo entrega a Tacho de las maletas con el dinero, salió de las oficinas para reunirse con sus hombres y, en menos de un minuto, la comitiva formada por los tres Mercedes cruzaba de nuevo la verja, esta vez en sentido inverso. Al poco, se perdieron en la oscuridad de la noche.

No obstante, uno de los miembros del clan de los *gallegos* se quedó en las instalaciones de la Sugar & Grain. Se llamaba Faustino y era el conductor encargado de llevar la cocaína a un lugar seguro cerca de la frontera con Francia. Manuel Zárate le entregó los documentos del camión y Faustino se dirigió al aparcamiento. Comprobó en los papeles la matrícula del vehículo, subió a la cabina, lo puso en marcha y abandonó el lugar sin ningún problema.

Sin embargo, mientras conducía el inmenso camión en dirección a la autopista, Faustino tenía la extraña sensación de que algo iba mal. No sabía qué podía ser, pero no lograba quitarse de la cabeza que había algo incorrecto en todo aquello, que de alguna forma había cometido un error. Finalmente se encogió de hombros y decidió que todo era fruto de su imaginación. A fin de cuentas, transportar diez mil kilos de cocaína es algo que puede ponerle nervioso a cualquiera.

*   *   *

Desde su escondite en el aparcamiento, Pablo contempló con júbilo cómo el camión abandonaba las instalaciones de la compañía. Su plan había salido a la perfección, aunque la verdad es que no tenía muy claro de qué iba a valerle. Suspiró: por lo menos serviría para montar follón.

Pero ahora Pablo tenía que ocuparse de otras cosas. Lo primero era localizar a doña Flor. Si realmente estaba allí, como afirmaba don Régulo, tenía que encontrarse en el interior del edificio. El problema era cómo entrar sin ser visto. Meditó unos instantes: la puerta delantera estaba vigilada, de modo que quedaba excluida. Aparentemente, no había ninguna entrada del lado del aparcamiento, así que sólo quedaba la parte de atrás.

Pablo se aseguró de que no hubiera nadie por los alrededores y abandonó sigilosamente su escondite. Amparándose en las sombras comenzó a rodear el edificio. Comprobó que el patio trasero estaba desierto, giró la esquina, avanzó unos pasos... y allí estaba, adosada al muro de ladrillo: una solitaria puerta metálica libre de vigilancia.

Pablo miró a izquierda y derecha y se aproximó rápidamente. Lo más probable es que la puerta estuviera cerrada, pero tenía que comprobarlo, así que tendió la mano hacia el picaporte y...

...Y de pronto, la puerta se abrió de par en par, encuadrando la figura de un hombre armado.

El sicario parpadeó sorprendido al ver a Pablo, e instintivamente empuñó su arma, un fusil ametrallador Thompson de imponente aspecto.

—Mira lo que me he encontrado... —dijo con una sonrisa sardónica mientras encañonaba al muchacho—. ¿Qué demonios estás haciendo aquí, niño?

9. El jaguar y los lobos

La puerta de la sala se abrió bruscamente y uno de los hombres de Coronado empujó a Pablo a través del portal.

—¡Pablito! —exclamó doña Flor, palideciendo.

—Muchacho —musitó Luna, sorprendido—, ¿de dónde has salido?

—Lo encontramos husmeando en la parte trasera del edificio —intervino el hombre—. Dice que conoce a Flor Huanaco.

—De acuerdo, yo me ocupo de él —Luna aguardó en silencio a que el sicario saliera de la sala y luego se volvió hacia Pablo—: ¿Cómo has dado con este lugar? —preguntó—. Estoy seguro de que nadie nos siguió.

—Me lo dijo don Régulo —musitó Pablo.

—Ah, don Régulo... —el asesino enarcó las cejas—. ¿Y quién es ese don Régulo?

—Un *yatiri*.

—¿Un *yatiri?* —repitió Luna con incredulidad—.

¿Un adivino? —de pronto se echó a reír—. ¡Es increíble! —exclamó—. ¡Esto cada vez se parece más a una película de los hermanos Marx!... Anda, muchacho, siéntate y ponte cómodo.

Pablo tomó asiento entre las dos mujeres. Doña Flor se inclinó hacia él y le susurró al oído:

—¿Cómo se te ha ocurrido venir aquí? ¿Y la carta?

—Un amigo la entregó por mí —musitó Pablo.

—Por favor, nada de cuchicheos —dijo Luna—. Es de mala educación.

—¿Qué van a hacerle al chico? —le preguntó doña Flor—. Él no sabe nada.

—Eso no lo decido yo, señora.

—No, claro; usted se ocupa de secuestrar muchachas —doña Flor sacudió la cabeza—. ¿Cómo puede alguien dedicarse a un trabajo tan sucio?

—Por dinero, señora Huanaco. Por mucho dinero.

—¿Y el dinero le lava la sangre de las manos y le apacigua la conciencia? —doña Flor respiró hondo, cada vez más enfadada—. Yo soy pobre, señor. Y pobres son todos mis familiares y amigos. Y no nos gusta serlo, pero bien sabe Dios que no nos convertimos en criminales a cambio de un puñado de billetes. No tenemos nada, es cierto, pero al menos nos queda la dignidad.

Luna permaneció unos instantes silencioso, contemplando impasible el rostro de la mujer.

—Dice que es pobre, señora Huanaco —repuso en tono neutro—, pero en realidad no sabe lo que es la auténtica pobreza. Nunca conocí a mi padre, ¿sabe?, y de mi madre sólo guardo un vago recuerdo, porque cuando yo tenía seis años ella decidió que eso de tener hijos era un estorbo y me abandonó. Así que tuve que vivir en las calles, alimentándome de lo que encontraba en los cubos de basura, o de las ratas que lograba cazar. Pero eso no era lo malo, señora Huanaco; la auténtica pesadilla comenzaba por las noches, cuando me reunía con otros chicos como yo para dormir en algún portal. Porque de noche salían de cacería los carros de la muerte —sonrió con frialdad—. «Carros de la muerte», señora, así los llamábamos. De pronto un carro doblaba la esquina, alguien se asomaba por la ventanilla empuñando una ametralladora y nos rociaba con una lluvia de balas. Luego el coche desaparecía calle arriba y en el suelo quedaban ocho o nueve muchachitos muertos. Permítame decirle, señora Huanaco, que eso es la auténtica miseria —hizo una pausa—. Un día llegó un tipo y me ofreció cien dólares por matar a alguien. Cien dólares, señora; toda una fortuna para mí por aquel entonces. Acepté sin dudarlo, y el hombre me dio una vieja pistola. Y yo fui a donde tenía que ir y liquidé a quien tenía que liquidar. Y ese mismo día me hice la promesa de no volver a arrastrarme, jamás, por la basura.

Sobrevino un largo silencio que doña Flor quebró con un profundo suspiro.

—Ya veo —dijo la mujer con tristeza—. Como de niño le tirotearon, ahora es usted el que empuña el arma. Por fin está del lado adecuado, ¿no?, del lado de los que asesinan niños —hizo una breve pausa y agregó con amarga ironía—: Le felicito, señor, ha progresado usted mucho en la vida.

El entrecejo de Luna se frunció durante apenas un segundo.

—Me temo que esta conversación no da más de sí, señora Huanaco —dijo, recuperando su tranquila sonrisa—. Más vale que cambiemos de tema...

El asesino enmudeció al advertir que la puerta se abría de nuevo. Dos hombres armados entraron en la sala.

—El señor Coronado ha ordenado que vayan todos a su despacho —dijo uno de ellos.

*   *   *

Tacho Coronado apartó los pies de encima del escritorio, cogió el subfusil ametrallador que descansaba junto al teléfono y encañonó con él a Luna.

—¡Bang, bang, bang! —exclamó tras una pausa—. Te maté, Lunita —se echó a reír y le mostró el arma al asesino—. Es el último modelo de la uzi israelita; ¿viste qué lindo? Esos judíos sí que saben fabricar armas.

—Bonito —dijo Luna en tono impersonal—. Aunque un poco ruidoso para mi gusto.

—¿Ruidoso?... Pero si el ruido es lo más chévere de las balaceras. Igual que las tracas y los cohetes de la noche de fin de año.

Tacho sopesó la ametralladora durante unos instantes y la dejó de nuevo sobre el escritorio. Se desperezó como un gato satisfecho y, tras incorporarse, prosiguió:

—Me pillas de buen humor, Lunita. ¿Sabes por

qué? Porque soy mucho más rico que hace una hora —cogió una de las dos maletas de cuero castaño que descansaban junto al escritorio y la abrió, mostrando su interior repleto de billetes—. Aquí hay veinticinco millones de dólares, y lo mismo en la otra valija. Seguro que un *alpargatudo* como tú nunca había visto tanta guita junta.

—No hagas ostentaciones, Tacho —intervino Manuel Zárate—. A tu papá le gusta la discreción.

—Soy yo quien dirige esto, Manuel, y no mi padre —replicó Tacho, repentinamente serio—. Así que déjate de macanas, *¿okay?*

Se volvió con el ceño fruncido hacia los tres prisioneros, que, bajo la atenta vigilancia de los dos guardaespaldas, permanecían silenciosos en un rincón del despacho, y los observó con detenimiento. Al reparar en la presencia de Pablo, preguntó:

—¿Quién es ese petiso?

—La señora Huanaco trabajaba como mucama en su casa —respondió Luna.

—¿Y qué narices hace aquí?

—Llegó él solo —el asesino sonrió, divertido—. Un *yatiri* le indicó el camino.

—¿Estás mamado, Lunita?... —Tacho enarcó una ceja y sacudió la cabeza—. No importa, luego nos ocuparemos de él —volvió la mirada hacia doña Flor—. Bueno, bueno, chola del demonio; ¿no tienes nada que decirme?

—Sí que tengo —repuso la mujer con firmeza—. El señor Rubén Luján ya está informado de la traición de los Coronado y no tardará en presentarse.

—¿Sí...? ¡Qué miedo! —Tacho rió secamente—. Ya no hay nada en este edificio que me incrimine, Florita, no hay pruebas. Si viene Rubén, perfecto, tomaremos unos tragos y nos reiremos de la broma que le han gastado —su mirada se endureció mientras se aproximaba a la mujer—. Pero basta ya de vainas, pendeja. Vamos a lo importante: ¿dónde está la *pichicata* que nos robaste?

—La quemé —contestó doña Flor.

—Respuesta equivocada —musitó Tacho.

Y, repentinamente, descargó un puñetazo contra el rostro de la mujer que la derribó violentamente sobre el suelo enmoquetado.

—¡Mami! —gritó Samara.

Pablo intentó abalanzarse sobre el joven, pero uno de los guardaespaldas se lo impidió retorciéndole el brazo. Doña Flor se incorporó trabajosamente. Un hilo de sangre brotaba de su nariz.

—Voy a preguntártelo una vez más —dijo Tacho en tono amenazador—: ¿Qué hiciste con la *pichicata?*

Doña Flor tragó saliva e irguió la cabeza.

—La quemé —repitió.

Tacho exhaló una bocanada de aire y le propinó un nuevo puñetazo. La mujer volvió a caer, pero esta vez no logró levantarse y permaneció jadeante en el suelo.

Luna frunció el ceño. A lo largo de su vida había tenido la oportunidad de contemplar un buen número de espectáculos atroces, pero había algo en todo aquello que, por alguna razón, le causaba un intenso desagrado.

—Esa mujer está diciendo la verdad —señaló—.

204

Por mucho que la golpees no vas a sacar nada en claro.

—¿Alguien solicitó tu opinión, Lunita? —se le encaró Tacho—. Porque si no es así, más vale que te quedes callado.

—Pero el señor Luna tiene razón —intervino Manuel—. Hablé con Bolivia, ya te conté, y me dijeron que los milicos recién hallaron un aeroplano quemado cerca de La Paz. Al parecer, transportaba droga. La chola no miente: le prendió fuego a la cocaína.

—¡Nadie quema cincuenta millones de dólares! —estalló Tacho—. Quizá esa guaricha quemó parte de la *pichicata*, pero seguro que escondió otra parte en algún lugar. Y me lo va a decir, ya verás como la hago hablar.

Permaneció pensativo unos segundos. Luego volvió la mirada hacia Samara y la contempló atentamente. Una sonrisa zorruna se formó en sus labios mientras ordenaba:

—Amarrad a la chola vieja y al niño. Y amordazadlos.

Los dos guardaespaldas sujetaron a doña Flor y a Pablo por los brazos, obligándoles a sentarse en sendas sillas. Luego, con la pericia de quienes están acostumbrados a realizar esa clase de tareas, les ataron las manos y los pies y, finalmente, cubrieron sus bocas con anchas bandas de cinta adhesiva. Entonces Tacho se aproximó sonriente a la atemorizada Samara.

—¿Eres virgen, niña? —preguntó.

Las pupilas de la muchacha se dilataron, pero no dijo nada.

—¡Te he preguntado si eres virgen! —gritó Tacho,

enfurecido—. ¡Contesta!

Samara se encogió sobre sí misma y asintió temblorosa. Tacho se volvió hacia sus guardaespaldas con una alegre sonrisa en los labios.

—Mirad lo que tenemos aquí —dijo, guiñándoles un ojo—: una cholita virgen. Y es linda la condenada —comenzó a quitarse la chaqueta—. Pues ha tenido suerte la muchachita —susurró—, porque va a estrenarse con todo un hombre.

Los guardaespaldas rieron tontamente. Manuel Zárate torció el gesto y suspiró con resignación.

—Qué pérdida de tiempo... —murmuró, vagamente malhumorado.

Luna contuvo el aliento y cerró los ojos. Sentía una rara sensación en la boca del estómago, algo así como un profundo desagrado, y rabia irracional, y desazón. Notó que las manos le temblaban. Apretó los puños. Desvió la vista a un lado y entonces advirtió que doña Flor permanecía muy quieta, como una estatua, contemplándole a él fijamente. Había tal intensidad en su mirada que el asesino no pudo sostenérsela.

—Ven conmigo, pequeña —dijo Tacho, avanzando hacia Samara—. Te enseñaré lo dulce que puedo ser.

Samara, aterrorizada, retrocedió hasta chocar con la pared. De pronto, Tacho la rodeó con los brazos e intentó besarla. La muchacha gritó y quiso arañarle, pero él bloqueó sus manos con el antebrazo y le propinó una brutal bofetada.

—Tiene uñas la gatita —dijo el joven—. Habrá que amansarla...

Luna sentía la mirada de doña Flor clavada en él.

206

Notó un sabor amargo en la boca. Avanzó un par de pasos hacia Tacho.

—Tu padre sólo quiere ajustarle las cuentas a la señora Huanaco —dijo, muy tenso—. Esto no es necesario.

—Puede que no lo sea, Lunita —repuso Tacho, sin apartar los ojos del cuerpo tembloroso de Samara—, pero es divertido. Y ya verás lo dispuesta a hablar que está la madre cuando vea lo que le hago a su hijita.

Tacho sujetó a la muchacha por la cintura y la atrajo hacia sí. Ella gritó y se debatió, aterrorizada. Él la abofeteó de nuevo, esta vez con tanta fuerza que Samara salió proyectada contra la pared y cayó al suelo, donde quedó tendida, agitándose al compás de sus sollozos, como un pájaro herido.

Luna notó que su autocontrol comenzaba a quebrarse. Giró la cabeza y vio cómo el muchacho, Pablo, luchaba con las ligaduras, intentando en vano zafarse, y vio el rostro tenso, inmóvil, de doña Flor, y sus ojos fijos en él.

Sus ojos fijos en él, como si esperaran algo, como si le exigieran algo.

—Esto no es correcto —la voz de Luna temblaba—. No es profesional —avanzó un paso—. Deja a la muchacha.

Tacho volvió la cabeza y contempló a Luna con arrogancia.

—Tranquilo, Lunita —dijo con una mueca despectiva—. Si no tienes tripas para aguantar, vete fuera. Pero yo en tu lugar me quedaría: quizá aprendas algo.

Tacho soltó una carcajada. Luego, inclinándose sobre Samara, le rasgó la blusa de un tirón y comenzó a manosearla.

La mirada de Luna saltó del rostro excitado de Tacho a la expresión angustiada de la muchacha, y de ahí fue a posarse en las caras brutalmente alegres de los dos guardaespaldas, para terminar encontrando las pupilas de doña Flor, clavadas en él como dos agujas candentes.

Y algo cedió en su interior, como si una válvula de seguridad saltara, permitiendo que el vapor de la ira surgiera a toda presión.

—¡He dicho que dejes a la muchacha! —gritó el asesino.

Y agarró a Tacho por el brazo, lo apartó violentamente de Samara y le propinó un devastador puñetazo en la mandíbula. El golpe resonó en el interior de la estancia como un crujido seco. Tacho salió despedido hacia atrás, tropezó con una mesa auxiliar y se derrumbó pesadamente sobre la moqueta.

Parecía que el tiempo se hubiese detenido.

Mientras Tacho se precipitaba al suelo, Luna recobró la cordura y se preguntó interiormente: «¿Pero qué estoy haciendo?...» Luego, como si todo sucediera a cámara lenta, observó el rostro sorprendido de Manuel Zárate y las expresiones de incredulidad que reflejaban las caras de los guardaespaldas.

Durante un larguísimo segundo nadie hizo ni dijo nada.

Entonces Tacho comenzó a incorporarse y, con el rostro rojo de furor, gritó:

—¡Matad a ese *hijopulla!*

La mano de uno de los guardaespaldas voló hacia la pistola que portaba en una funda sobaquera, al tiempo que el otro gorila comenzaba a empuñar su ametralladora. Pero Luna se movió vertiginosamente y, de improviso, la beretta ya estaba en su mano vomitando plomo. Uno de los guardaespaldas, el que usaba pistola, recibió un impacto en el pecho y cayó herido al suelo, pero el otro logró parapetarse detrás de la mesa auxiliar y comenzó a vaciar el cargador de su ametralladora contra el asesino. Las balas impactaron unos centímetros por encima de la cabeza de éste y arrancaron de la pared esquirlas de yeso.

Luna saltó por el aire y, sin dejar de disparar, se refugió detrás del escritorio. Por el rabillo del ojo vio cómo Manuel Zárate abandonaba el despacho a toda velocidad. De pronto, el chasquido del percutor le indicó que se había quedado sin balas. Una ráfaga de ametralladora barrió la superficie del buró. Luna masculló una maldición: estaba atrapado.

Y entonces recordó algo: ¡encima del escritorio se encontraba la uzi de Tacho! Tanteó con la mano hasta que los dedos rozaron la fría superficie del subfusil, lo empuñó, corrió el cerrojo y comenzó a disparar contra la mesa tumbada tras la que se ocultaba el guardaespaldas. Las balas de gran calibre destrozaron el tablero de madera y llenaron el aire de astillas y serrín. El gorila aulló y abandonó el precario parapeto al tiempo que disparaba ciegamente su ametralladora, se detuvo un instante para ayudar a levantarse a su compañero herido y, sin dejar de disparar, ambos salieron a trompicones del despacho. En ese instante Luna se incorporó velozmente y pulsó el botón que activaba la puerta blindada. Ésta se cerró lentamente, ahogando los gritos que llegaban del exterior.

La atmósfera se encontraba impregnada del acre olor de la pólvora. El asesino ahogó una tos, respiró profundamente un par de veces y miró en derredor. El despacho estaba destrozado, con las paredes cubiertas de orificios de bala y los muebles rotos y caídos. En un rincón, Samara sollozaba quedamente. Pablo y doña Flor, por increíble que pudiera parecer, estaban ilesos y permanecían tumbados en el suelo, atados y amordazados. Un poco más a la derecha..., ¿qué había allí? Parecía un bulto informe y rojizo...

Luna inclinó la cabeza hacia delante para poder apreciar mejor lo que era... y sintió que el corazón se le detenía entre dos latidos. Avanzó unos pasos y contempló con incredulidad el cuerpo sin vida que yacía a sus pies.

Era Tacho Coronado, con el corazón atravesado por un disparo.

—Mierda, mierda, mierda... —masculló el asesino.

El hijo del poderoso don Aurelio estaba muerto.

Y él, pensó Luna, también.

* * *

—¡Madre mía! —exclamó Gabriel por lo bajo—. ¡Eso son disparos!

Después de abandonar el domicilio de Fabián Luján, Gabriel había regresado al polígono y, una vez allí, oculto entre los árboles, había permanecido a la

La mano de uno de los guardaespaldas voló hacia la pistola...
al tiempo que el otro gorila comenzaba a empuñar su
ametralladora. Pero Luna se movió vertiginosamente...

espera de que algo sucediese en la Sugar & Grain. Pero lo que finalmente había ocurrido era muy gordo, porque aquellos sonidos ruidosos y secos que acababan de surgir del interior del edificio no eran fuegos artificiales, ni el petardeo de un motor, ni el tableteo de un pistón neumático. Eran disparos. Y muchos.

Gabriel parpadeó, confuso. Por lo que sabía, su amigo todavía estaba allí dentro. ¿Qué podía hacer...?

Sólo una cosa, pensó: avisar a la policía.

Echó a correr hacia su ciclomotor, lo puso en marcha y se dirigió a la comisaría más próxima.

*   *   *

Luna se quitó la chaqueta y cubrió con ella el tembloroso cuerpo de Samara; luego desató a doña Flor y al muchacho. La mujer se aproximó a su hija y la abrazó con ternura. Pablo contempló al asesino con desconcierto.

—¿Por qué lo ha hecho? —preguntó—. ¿Por qué nos ha ayudado?

Luna sonrió con amargura.

—Sinceramente, muchacho: no tengo ni la más remota idea.

—El señor Luna juró hace muchos años que no volvería a arrastrarse por la basura —intervino doña Flor, mientras acariciaba los cabellos de su hija—. Hoy, finalmente, ha cumplido su promesa.

—No me venga con milongas, señora Huanaco —resopló el asesino—. Bastantes problemas tengo ya como para andarme con cuentitos morales.

212

Se produjo un tenso silencio. Samara, siempre abrazada a su madre, volvió la cabeza y contempló el cadáver de Tacho.

—Está muerto... —musitó, y añadió con repentina rabia—: ¡Me alegro, era un monstruo!

—Pues no te alegres tanto, niña —dijo Luna—. Cuando Aurelio Coronado se entere de lo que le ha pasado a su hijo, no habrá lugar en el mundo donde podamos ocultarnos de su furia —sonrió con ironía—. Y lo más gracioso es que ni siquiera fui yo quien lo mató...

Inesperadamente, la voz de Manuel Zárate llegó apagada desde el otro lado de la puerta:

—Tacho, ¿estás bien...? —silencio—. ¿Me oyes, Tacho...? Responde, por favor... —una larga pausa—. Señor Luna, ¿podemos hablar?

—Claro, Manuel —respondió el asesino, aproximándose a la puerta—; ¿qué se le ofrece?

—¿Cómo se encuentra Tacho?

—Uno de sus guardaespaldas debió de alcanzarle por error. Ahora está inconsciente.

—En tal caso necesitará atención médica —replicó Manuel—. Hagamos un trato, señor Luna: si usted nos entrega a Tachito, nosotros les dejaremos partir sanos y salvos.

—Eso suena muy bien —el asesino esbozó una sonrisa—. Pero me temo que no acabo de creerle.

—Feo asunto, señor Luna —dijo Manuel tras un prolongado silencio—. Entonces no nos queda más remedio que entrar nosotros allí.

—Claro —asintió Luna—. Lo comprendo.

A través de la puerta se escuchó el sonido de unos pasos que se alejaban. Pablo contempló al asesino.

—¿Y ahora qué van a hacer? —le preguntó.

—Traerán explosivos y derribarán la puerta —Luna se encogió de hombros—. Mientras crean que Tacho sigue vivo actuarán con muchas precauciones, y eso es una ventaja para nosotros. Pero no nos engañemos: vamos a morir.

—Quizá no —terció doña Flor, que se encontraba junto a la ventana, mirando hacia el exterior—. Acaban de llegar cinco automóviles, y creo que en uno de ellos se encuentra el señor Rubén Luján.

* * *

Manuel Zárate estaba impartiendo las instrucciones necesarias para preparar la voladura de la puerta y el rescate de Tacho, cuando uno de los guardas llegó a la carrera y le notificó que el señor Rubén Luján le esperaba fuera del edificio. Manuel se preguntó cómo era posible que tantas cosas salieran mal a la vez, masculló una maldición, e indicó con un gesto a sus hombres que le siguieran.

Pero al salir al exterior, Manuel comprendió que, en realidad, las cosas estaban mucho peor de lo que imaginaba: Luján, acompañado por Julio Raudales, su lugarteniente, se encontraba rodeado por una veintena de sicarios del cartel de Cali, armados hasta los dientes.

—Buenas noches, don Rubén —saludó Manuel

con una respetuosa sonrisa—. ¿Qué le trae por aquí tan de anochecida?

—¿Cómo te va, Manuel? —repuso Luján en tono distante—. Me dijeron que Tacho Coronado estaba en Madrid y he venido a saludarlo.

—Ah, sí, está en Madrid. Pero ahora no se encuentra aquí, lo siento.

—Ya... —Luján contempló pensativo a los hombres de Manuel y preguntó—: ¿Qué hace tu gente con tanta artillería a estas horas de la noche?

—Pues... verá, don Rubén, tenemos un pequeño problema de seguridad en el edificio y...

—Oh, cuánto lo siento —le interrumpió Luján—. Pero seguro que no tardaréis en solucionarlo —se cruzó de brazos—. Voy a ir al grano, Manuel: alguien me ha dicho que Aurelio Coronado llegó a un acuerdo con los *gallegos* y está refinando cocaína por su cuenta. Como comprenderás, esa noticia me tiene muy preocupado.

—Pero eso es absurdo —protestó Manuel—. Don Aurelio nunca traicionaría a sus socios —sonrió ampliamente—. No debe prestar oído a las habladurías, don Rubén; hay mucho pendejo que sólo piensa en sembrar cizaña.

—Es posible... —Luján esbozó una sonrisa—. En tal caso, no te importará que mis hombres echen una ojeada por aquí, ¿verdad?

—Claro que no, don Rubén. Está usted en su casa.

Luján miró lentamente en derredor.

—¿Qué hay en ese camión? —preguntó, señalando hacia el aparcamiento.

215

—Harina de maíz —contestó Manuel—. Ya sabe que esto es una empresa de productos agrícolas...

—Claro, claro —Luján se volvió hacia su lugarteniente—. Julio, acércate a ese camión y comprueba la carga.

Julio se aproximó al vehículo, subió al compartimiento trasero y desapareció en su interior durante apenas un minuto; luego regresó corriendo. Al llegar a la altura de su jefe extendió la mano, mostrándole un puñado de polvo blanco. Luján cogió una pizca entre los dedos y lo probó con la punta de la lengua. Al instante, sus ojos se convirtieron en dos aristas de hielo.

—Una cocaína muy pura, Manuel —dijo con frialdad—. Felicita a tus químicos.

Sin añadir más, Luján se dio la vuelta y entró en uno de los coches.

—Pero... pero si es harina... —balbuceó Manuel.

Julio dejó caer el polvo blanco al suelo y sacudió la cabeza.

—No —dijo—. No lo es.

El automóvil de Luján hizo chirriar la ruedas y arrancó velozmente hacia la salida, pero los sicarios del cartel de Cali ni siquiera se movieron. Durante un par de segundos Manuel los contempló en silencio, desconcertado. Luego advirtió la negra piel de las armas brillando bajo la luz de las farolas.

—¡A cubierto! —les gritó a sus hombres mientras se lanzaba al suelo.

Los colombianos comenzaron a disparar.

*   *   *

—Que me aspen si lo entiendo —murmuró Luna mientras contemplaba desde la ventana el tiroteo que tenía lugar frente al edificio.

—Han encontrado la cocaína —dijo Pablo, sonriente.

—No, muchacho; el camión con la cocaína se marchó hace rato. En ese otro camión sólo hay harina.

Pablo negó lentamente con la cabeza.

—Cambié las matrículas —dijo.

—¿Qué?

—Cuando estaba ahí fuera —explicó el muchacho—, antes de que me atraparan, desatornillé las matrículas y las intercambié. Los dos camiones son idénticos, así que pensé que quizá eso les confundiría.

—Entonces —musitó, atónito, Luna—, el camión que se llevaron los *gallegos* es el que transporta la harina...

—Y el que acaba de encontrarse el señor Luján está cargado hasta los topes de cocaína —concluyó Pablo.

De pronto, el asesino rompió a reír. Sus carcajadas se sobrepusieron al estruendo de los disparos.

—¡Eres un genio, muchacho! —exclamó, palmeando la espalda de Pablo.

—Pablito es muy listo —asintió doña Flor con maternal orgullo—. Debería ver las cosas tan raras que estudia...

Luna, sin poder parar de reír, tomó asiento frente al escritorio. La situación era cada vez más surrealista, aunque no cabía duda de que aquel brusco viraje de los acontecimientos les resultaba favorable. Ahora todo dependía de quién saliera triunfador de la batalla: si ganaban los colombianos aún habría una oportunidad de salir con vida, pero si triunfaban los hombres de Coronado su situación volvería a ser desesperada.

Luna suspiró. En cualquier caso, nada de aquello tenía realmente mucha importancia, porque cuando Aurelio Coronado estuviese al tanto de los acontecimientos dedicaría todo su dinero y poder —y poseía mucho de ambas cosas— a vengar la muerte de su hijo.

El asesino paseó la vista por la destrozada superficie del escritorio, hasta detenerse en el panel de mandos. De pronto, sus ojos se centraron en un solitario botón rojo protegido por una carcasa de metacrilato transparente. Los explosivos, pensó. Tacho le había hablado de ellos: según dijo, todo el edificio estaba sembrado de cargas explosivas que se activarían treinta segundos después de pulsar aquel botón. Luna frunció el ceño; en realidad, lo mejor sería conectar las cargas y mandarlo todo al infierno. Aunque, ahora que lo pensaba, había algo extraño en ese asunto de los explosivos...

En ese momento un estruendo de motores y sirenas llegó del exterior.

—¡La policía! —exclamaron a la vez Pablo y Samara.

Luna se incorporó bruscamente, corrió a la ventana y comprobó que, en efecto, decenas de coches de policía se estaban congregando frente a la verja de la Sugar & Grain, haciendo aullar sus sirenas y sesgando la oscuridad de la noche con los parpadeos de sus luces. De pronto, colombianos y bolivianos dejaron de tirotearse entre sí y comenzaron a disparar contra las recién llegadas fuerzas del orden.

Una tanqueta blindada descendió pesadamente de un vehículo de transporte y derribó la valla metálica como si fuera de papel. Dos helicópteros llegaron desde el Este y, envueltos por el atronador batir de las aspas, iluminaron con sus focos a los sicarios. Una voz amplificada por un megáfono les conminó a tirar las armas y rendirse. Rodeados de policías, y con la letal amenaza de los helicópteros suspendida sobre sus cabezas, tanto los hombres de Coronado como los del cartel de Cali arrojaron al suelo sus armas y salieron a descubierto con los brazos en alto.

—¡Nos salvamos! —exclamó doña Flor abrazando a su hija y a Pablo.

Pero el asesino, en vez de participar de aquella euforia, tomó asiento de nuevo frente al escritorio y contempló pensativo el panel de mandos. Desde que se pulsaba el botón rojo hasta que explotaban las bombas transcurrían treinta segundos. Eso no era mucho tiempo, pensó Luna. ¿Cuánto se tardaría en abandonar el edificio desde ese despacho? Quizá pudiera hacerse en menos de medio minuto, pero la cosa andaría muy justa. Un simple resbalón, y adiós muy buenas. No, Tacho Coronado debía de tener prevista otra vía de escape...

—¿Pasa algo, señor Luna? —preguntó doña Flor—. La policía ya ha capturado a los hombres de Coronado. Podemos salir de aquí.

Luna alzó lentamente la mirada y contempló con fijeza a la mujer.

—¿Sabe lo que pasa, señora Huanaco? Que a usted, a su hija y a mí nos conviene estar muertos.

—¿Cómo...?

—Aurelio Coronado iba a pagar medio millón de dólares por su muerte, señora —dijo el asesino incorporándose—. Y, a fin de cuentas, lo único que hizo usted fue robarle. ¿Qué no hará ahora para vengar la muerte de Tacho? —sonrió—. Hágame, caso: quédense aquí y mueran a mi lado.

—¡¿Pero de qué está hablando?! —exclamó Pablo—. ¿Se ha vuelto loco?

—No, Pablito —le interrumpió doña Flor—; tenemos que hacer lo que dice. ¿No recuerdas las palabras de don Régulo? Dijo que el jaguar nos salvaría de los lobos, que confiáramos en el jaguar —señaló a Luna—, y él es el jaguar.

—Sin duda, eso que ha dicho debe de tener algún sentido —intervino Luna—, pero reconozco que no se lo acabo de encontrar. En cualquier caso, debemos apresurarnos —se aproximó a Pablo—. Escucha muchacho: tú no vas a quedarte aquí. Tú saldrás ahí fuera y hablarás con la policía, así que presta mucha atención a lo que vas a decirles...

Luna le explicó brevemente a Pablo lo que tenía que hacer y qué es lo que iba a pasar. Finalmente, el muchacho asintió con la cabeza.

—De acuerdo —dijo—. Lo haré.

—Muy bien —asintió Luna—. Así que ahora llega el turno de las despedidas —estrechó la mano de Pablo—. Permíteme felicitarte; estuviste muy inspirado con el truco de las matrículas —esbozó una sonrisa de disculpa—. Y perdona el puñetazo que te di: no fue nada personal, estaba trabajando.

—No importa —repuso Pablo, acariciándose el maltrecho mentón—. Ya casi no me duele.

—Por cierto —dijo el asesino, como si de repente hubiese recordado algo—: ¿eres amigo de un tal Víctor Muñoz?

—Bueno, yo no diría que la palabra exacta sea amigo...

—Pues, sea cual sea la palabra, no te fíes. Fue él quien vendió a la señora Huanaco.

Pablo suspiró; aquella información no le sorprendía lo más mínimo.

Samara se acercó a él y le abrazó.

—Adiós, Pablito —le dijo al oído—; cuídate mucho. Y sigue bailando, lo haces muy bien.

Pablo besó a la muchacha en las mejillas y se volvió hacia doña Flor.

—Bueno, *m'hijito*, se acabó todo —dijo la mujer con una sonrisa triste—. Te metí en muchos líos, ¿verdad?

—Usted me ayudó cuando más lo necesitaba, doña Flor —respondió Pablo—. Jamás la olvidaré.

Durante unos segundos permanecieron inmóviles, mirándose el uno al otro. Luego, Pablo se aproximó despacito a doña Flor y la abrazó con fuerza. Y, por primera vez desde hacía mucho tiempo, la mujer permitió que sus lágrimas fluyeran libremente.

—Lamento interrumpir —carraspeó Luna—, pero tenemos cierta prisa.

—Es cierto —asintió doña Flor, apartándose del muchacho; se enjugó las lágrimas con el dorso de la mano y sonrió—. Adiós, Pablito. Que te vaya muy lindo.

—Hasta la vista, doña Flor...

Luna pulsó el botón de apertura y la puerta comenzó a deslizarse lentamente sobre los carriles. Antes de cruzar el umbral, Pablo se volvió hacia la mujer.

—¿Tampoco me lo dirá ahora? —preguntó—. Me refiero a eso del animal que es doblemente animal.

Doña Flor sonrió.

—El gato, Pablito —dijo—. Porque es gato y araña.

Pablo parpadeó un par de veces y enarcó una ceja.

—Pero eso es una tontería, doña Flor —murmuró.

—Claro, *m'hijito*. Y ahí está precisamente la moraleja del acertijo: la mayor parte de las cosas que nos preocupan en esta vida no son más que tonterías.

—Por favor —dijo Luna en tono implorante—, tenemos prisa...

Pablo sonrió de oreja a oreja. Tras dedicar una última mirada a doña Flor, se dio la vuelta y abandonó el despacho. Luna manipuló los mandos y la puerta volvió a cerrarse.

—Muy bien, señoras —dijo, volviéndose hacia doña Flor y Samara—: esta habitación oculta un secreto y tenemos que encontrarlo...

* * *

Un grupo de policías, protegidos con chalecos antibalas y cascos, y armados con aparatosos fusiles de asalto, se disponía a entrar en el edificio cuando, para su sorpresa, advirtieron que un muchacho salía tranquilamente por la puerta principal. Dos de los agentes se lanzaron al instante sobre él, lo agarraron por los brazos y, prácticamente en volandas, le quitaron de en medio a toda velocidad.

Mientras era conducido ante la presencia del comisario que estaba al mando de aquella operación, Pablo tuvo tiempo de ver cómo los colombianos y los hombres de Coronado, entre ellos Manuel Zárate, eran esposados e introducidos en los coches celulares.

—¿Qué puñetas hacías ahí dentro, niño? —le preguntó el comisario.

—Me secuestraron —respondió Pablo, muy serio—. Pero eso ahora no importa: allí dentro hay un hombre que mantiene a dos mujeres como rehenes.

—¿Dos mujeres? —el policía frunció el ceño—. ¿Qué mujeres?

—La señora Flor Huanaco y su hija. Doña Flor trabajaba como criada en mi casa —Pablo señaló hacia el edificio—. Ese hombre me liberó para que les advirtiera a ustedes que hará explotar una bomba si alguien intenta entrar en la casa.

Los ojos del policía se dilataron, súbitamente alarmados.

—¿Hay una bomba ahí dentro? —preguntó.

—Creo que más de una —Pablo adoptó una expresión de preocupada franqueza—. Ese hombre parecía hablar en serio, señor...

El comisario se volvió hacia un agente uniformado y le arrancó de un tirón el megáfono que llevaba en las manos.

223

—¡Que nadie entre en la casa! —ordenó a través del aparato—. ¡Hay explosivos!

Los agentes reaccionaron al instante y retrocedieron hasta encontrarse a una prudente distancia del edificio. Transcurrieron unos segundos sin que nada sucediera y, de pronto, un bramido profundo como el clamor de un terremoto hizo vibrar la tierra. Una cadena de explosiones llenó de llamaradas las instalaciones de la Sugar & Grain, al tiempo que su estructura se desplomaba sobre sí misma en medio de una densa nube de polvo y humo.

—Dios mío... —murmuró el comisario cuando los cascotes dejaron de caer.

Sus ojos contemplaban incrédulos las retorcidas ruinas en que se acababa de convertir el edificio.

—Nadie puede haber sobrevivido a eso —añadió.

Pablo tuvo que hacer auténticos esfuerzos para mantener a raya la sonrisa que luchaba por dibujarse en sus labios.

Aquel policía no tenía ni idea de lo completamente equivocado que estaba.

* * *

Fue doña Flor quien, al apartar una alfombra situada junto a un archivador, encontró la trampilla oculta. Se trataba de un agujero cuadrado, cubierto por una portezuela metálica que, al abrirse, conducía directamente a un oscuro túnel. Luna no lo dudó ni un instante: indicó a las mujeres que descendieran por aquella salida secreta, recogió las maletas que conte-

224

nían el dinero, oprimió sin vacilar el botón que activaba las cargas explosivas y se lanzó a toda velocidad a través de la trampilla.

El túnel, en realidad un estrecho pasadizo, medía alrededor de trescientos metros de largo por apenas uno de ancho. Luna marchaba delante, cargando dificultosamente con las maletas y alumbrando el camino con la débil llama de un mechero. No habían recorrido más de la mitad del trayecto cuando un fortísimo estruendo sacudió las paredes del túnel. Nubes de polvo y tierra cayeron sobre sus cabezas, pero nadie hizo comentario alguno; en vez de ello, aceleraron el paso y no se detuvieron hasta alcanzar la salida del pasadizo, un angosto orificio oculto por la vegetación.

Una vez en el exterior, Luna dejó las maletas en el suelo y examinó el lugar adonde habían ido a parar. Gracias al tenue resplandor de las estrellas comprobó que se trataba de un terreno lleno de terraplenes y arbustos, situado justo detrás de la Sugar & Grain. Elevó la mirada y contempló por encima de una loma el resplandor que surgía del incendiado edificio.

—Dentro de poco esto se llenará de policías —dijo tras un suspiro—, así que ha llegado el momento de separarnos. ¿Qué piensa hacer, señora Huanaco?

Doña Flor rodeó con un brazo los hombros de su hija y meditó unos instantes la respuesta.

—No estoy segura —dijo—. Supongo que no podremos volver a Bolivia, al menos por un tiempo. Quizá vayamos a Argentina, o a Chile.

—Pues les recomiendo que cambien de nombre y se procuren documentaciones falsas. Aunque eso es muy costoso. Y también necesitarán dinero para adquirir los pasajes y para comprar algo de ropa —Luna señaló las maletas—. Ahí dentro hay cincuenta millones de dólares; si quiere, lo compartimos. Hay suficiente para todos.

—No, gracias —doña Flor sacudió enérgicamente la cabeza—. Ése es un dinero sucio, manchado de sangre.

—El dinero no se vuelve sucio por su procedencia, sino por el modo en que se emplea. Además, piense en su hija, señora Huanaco. No puede comenzar una nueva vida con las manos vacías.

Doña Flor bajó la mirada y guardó silencio unos instantes. De pronto, sus labios se curvaron en una sonrisa.

—Tiene razón —dijo—. Lo haré por ella. Déme la misma cantidad que pensaba cobrar por matarme.

—Es justo —asintió Luna—. Eso es lo que vale su vida, al menos para Aurelio Coronado. Y, después de todo, este dinero es suyo.

El asesino abrió una de las maletas, extrajo quinientos mil dólares y se los entregó a doña Flor.

—Una cosa más, señor Luna —dijo la mujer mientras guardaba los billetes—: se lleva usted más dinero del que puede gastar durante toda una vida. Prométame que lo dedicará a hacer el bien.

Luna permaneció inexpresivo durante unos segundos. Luego, sus facciones se relajaron y se echó a reír.

—De acuerdo, se lo prometo —dijo—. A partir de ahora dispondré de mucho tiempo libre, así que me convertiré en un benefactor de la sociedad, ¿por qué no?

—Estoy segura de que lo hará —doña Flor miró fijamente a Luna—. ¿Y sabe por qué? Porque se me antoja que hoy usted ha adquirido por fin una conciencia.

—Pues yo más bien sospecho que tenía tantas ganas de pegarle un puñetazo a Tachito Coronado que aproveché el primer pretexto que me salió al paso —Luna se inclinó y besó con respeto la mano de la mujer—. Adiós, doña Flor; creo que es usted la única *señora* que he conocido.

—Y yo creo que, andando el tiempo —respondió la mujer—, usted llegará a ser todo un caballero, señor Luna.

Doña Flor sonrió e hizo un gesto de despedida. Luego se dio la vuelta y, cogiendo del brazo a Samara, comenzó a alejarse despacito, muy erguida y muy seria, llena de dignidad. Cuando las mujeres no fueron más que dos minúsculas sombras perdiéndose en la noche, Luna recogió las maletas y echó a andar con paso decidido. Al poco, comenzó a silbar una alegre melodía.

Después de todo, pensó, aquel desastroso trabajo —su último trabajo— había acabado por convertirse en un negocio de lo más rentable.

10. No permitas que los demás decidan por ti

L os días que siguieron a la destrucción de la Sugar
& Grain estuvieron presididos por una intempestiva agitación. Pablo pasó más tiempo en comisarías y juzgados que en su casa, y tuvo que prestar declaración tantas veces que acabó aburriéndose de su propia historia. En términos generales contó exactamente lo que había ocurrido, pero omitió por completo el repentino cambio de bando del señor Luna y su plan para simular su muerte y las muertes de doña Flor y de Samara.

Por supuesto, la noticia se difundió por los distintos medios de comunicación; a fin de cuentas, no todos los días se desarticulaba una peligrosa banda de narcotraficantes y se incautaban diez mil kilos de cocaína. Dado que había sido un testigo presencial de los hechos, Pablo se vio tenazmente asediado por los periodistas; su rostro apareció en televisión y en los periódicos, le entrevistaron por radio y recibió ofertas para aparecer en tres *reality shows* distintos.

Amelia y Ricardo, los padres de Pablo, regresaron apresuradamente a Madrid nada más conocer la peripecia en que se había visto envuelto su hijo. Al principio se desvivieron por atenderle, colmándole hasta tal punto de atenciones que acabaron por convertirse en una auténtica pesadez, pero luego Ricardo le echó en cara a su mujer el haber contratado a una criada sin referencias, y Amelia le respondió que, si no le parecía bien su forma de actuar, debería haberse ocupado él mismo del asunto. Tras una breve discusión, Ricardo se encerró malhumorado en su despacho, Amelia hizo lo propio en el dormitorio, y las cosas volvieron a la normalidad.

Pero aquella normalidad ya no le resultaba satisfactoria a Pablo, de modo que, dos días más tarde, insistió en volver al colegio.

* * *

Pablo salió de casa a primera hora y se dirigió tranquilamente a la parada del autobús. La mañana era tan cálida y radiante que invitaba a todo menos a encerrarse entre cuatro paredes. Por un instante, el muchacho consideró la posibilidad de hacer novillos, irse a dar un paseo y disfrutar de aquel día primaveral. Finalmente desechó la idea, pero no pudo evitar sentirse en cierto modo satisfecho: antes, jamás se le hubiera pasado por la cabeza faltar a clase. Estaba mejorando.

Las calles de Aravaca comenzaban a llenarse, poco a poco, de tráfico y peatones. Pablo advirtió por el rabillo del ojo que una mujer de rasgos sudamericanos pasaba a su lado con un carrito de la compra. Al principio creyó que era doña Flor, pero luego se dio cuenta de que, en realidad, se trataba de una mujer más joven y de rasgos muy diferentes. Pablo se detuvo junto a un árbol y observó cómo la emigrante se alejaba con caminar algo cansado. Hasta entonces, aquellas mujeres llegadas del otro lado del mar casi no habían existido para él. Eran figuras en el paisaje, rostros exóticos apenas vislumbrados entre la multitud. Sin embargo, pensó el muchacho, a partir de ahora las contemplaría de una forma muy distinta...

—Hola, Pablo —dijo alguien a su espalda.

El muchacho se dio la vuelta y contempló atónito a la persona que le había hablado.

—Be-Be-Benito... —tartamudeó—. Qué sorpresa...

Benito Moreno desvió la mirada, se ajustó las gafas y esbozó una tímida sonrisa.

—Estaba esperándote frente a tu casa y te he seguido —dijo en voz muy bajita—. Como ahora te has parado... Bueno, quería hablar contigo.

Pablo contempló con curiosidad a aquel muchacho de doce años, de corta estatura y rostro infantil. Tuvo que hacer un esfuerzo para recordar que Benito poseía una inteligencia tan extraordinaria que no existía ningún test capaz de medirla. Y también tuvo que recordar que ese tímido muchachito había intentado poner fin a su vida hacía muy poco tiempo.

—Vaya, Beni, tienes buen aspecto... —Pablo carraspeó, sin saber qué decir—. ¿Cómo estás?

—Muy bien —Benito hizo una pausa—. Te vi por

Sin embargo, pensó el muchacho, a partir de ahora las contemplaría de una forma muy distinta...

televisión, ¿sabes? —prosiguió—. Menuda aventura; narcotraficantes y policías, como en las películas... —se removió con nerviosismo—. En fin, te vi por la tele y, como voy a pasar el verano en casa de mis abuelos, pues... pensé en despedirme de ti —carraspeó—. Aunque la verdad es que quería hablarte de algo...

El muchacho enmudeció, como si no se atreviera a proseguir.

—Adelante —le animó Pablo con una sonrisa—. Dime lo que quieras.

—Pues... es sobre ti, ¿sabes...? —Benito vaciló de nuevo—. Quería decirte que tú eres diferente.

—¿Diferente? ¿A quién?

—A los otros. Al resto de «la República de los Sabios» —se encogió de hombros—. Ellos están contentos de ser como son, pero tú no. Y yo tampoco, por eso..., bueno, ya sabes lo que hice, ¿no? Me sentía muy mal, como si estuviese vacío, como si me encontrase en una jaula a la vista de todo el mundo, y una tarde pensé que nunca podría cambiar las cosas, así que hice esa locura —respiró hondo—. En seguida me di cuenta de que estaba equivocado. Todo puede cambiar si uno pone el suficiente empeño y el suicidio no es ninguna salida.

Bajó la mirada, como avergonzado de sus propias palabras. Al cabo de unos segundos agregó:

—No permitas que los demás decidan por ti... Bueno, eso es lo que quería decirte.

Pablo contempló durante unos instantes a Benito. ¿Realmente ese muchacho tenía sólo doce años? Parecía increíble.

232

—Gracias por el consejo, Beni —dijo con una sonrisa—. Te haré caso.

—En fin, ya es tarde y tienes que irte al colegio... —Beni se removió, inquieto—, así que ya nos veremos. Adiós.

—Adiós, Beni.

Se estrecharon la mano y Benito comenzó a alejarse. De pronto, el muchacho se detuvo y giró la cabeza.

—Hay alguien más, ¿sabes? —dijo—. En el Programa Especial, en «la República»... Hay otra persona diferente a los demás y... y que lo está pasando mal —tragó saliva—. Me refiero a Laura, a Laura Sandoval, ya sabes... Es infeliz y además... —desvió la mirada y se ajustó las gafas—, además, ella está enamorada de ti. Te lo digo por si no te habías dado cuenta.

Benito se puso rojo como un tomate, hizo un tímido gesto de despedida y echó a andar con paso nervioso calle abajo.

Pablo tardó un buen rato en darse cuenta de que se le había puesto una enorme cara de tonto.

*   *   *

Después de todo, volver al colegio fue bastante divertido. No hubo ni un solo alumno del centro que no le preguntara acerca de su aventura con los narcotraficantes, y hasta los mismísimos profesores mostraron una irresistible curiosidad por el asunto. También es verdad que el doctor Mendizábal habló con él en tono paternal y se ofreció a prestarle toda la ayuda que necesitara para superar, según sus propias palabras, «el terrible trauma que había sufrido». Pablo le agradeció amablemente la oferta y se guardó de decirle dónde, en su opinión, podía meterse esa ayuda.

Sí, el retorno al colegio estuvo cargado de expectación y ajetreo, pero a medida que el día avanzaba los ánimos se fueron calmando y, poco a poco, las cosas recuperaron su usual cotidianidad. Salvo por un pequeño detalle: durante el transcurso de las clases Pablo no dejó de mirar disimuladamente a Laura. Aunque, a decir verdad, la muchacha se mantuvo todo el tiempo concentrada en sus quehaceres y en ningún momento pareció demostrar un excesivo interés por él.

Finalmente, un prolongado timbrazo puso término a la jornada de estudio, y los pasillos se convirtieron en un hormiguero de ruidosos estudiantes.

—Me siento injustamente tratado —bromeó Gabriel mientras se dirigían a la salida—. Pablo se ha llevado toda la fama, pero fui yo el que avisó a la policía.

—¡Oh, qué tremendo valor! —se burló Guillermo—. Gabriel salió corriendo a pedir socorro. ¡Es todo un héroe!

—En primer lugar —respondió Gabriel con el ceño fruncido—, se supone que aquí el sarcástico soy yo. En segundo lugar, al menos hice algo y no me quedé en casa dándole besos a un espejo. Así que cállate, cara-bobo.

—El insulto es el último recurso del incompetente —sentenció Guillermo.

—Los dos fuisteis muy valientes —intervino Laura

sin apartar la mirada del suelo—. Y no os pasó nada, que es lo más importante.

Atravesaron la puerta de salida y cruzaron el patio del colegio. Al llegar a la calle, Pablo advirtió que, apenas unos metros más allá, se encontraba Víctor Muñoz, rodeado por un pequeño grupo de muchachos, entre los que estaban Fote y Patricia.

—Una chupa guapa, ¿verdad? —decía Víctor en aquel momento, mostrando orgulloso su nueva cazadora—. Es una Levi's, tíos; de cuero auténtico...

Pablo respiró hondo, apartó la mirada y, comenzó a cruzar frente al grupo. De pronto, Patricia le vio e intentó acercarse a él, pero Víctor la contuvo sujetándola por el brazo.

—¿A dónde vas...? —dijo en tono seco; luego se encaró con Pablo y adoptó una expresión sarcástica—. ¿Qué tal, héroe? ¿De paseo con los amiguitos de «la República»... de los capullos?

Laura, Guillermo, Gabriel y Pablo guardaron silencio y siguieron caminando, muy serios, ignorando las provocaciones del joven.

—Menudo desfile de monstruos —musitó Víctor con desprecio.

Entonces Pablo se detuvo en seco, giró sobre sí mismo y miró fijamente al joven.

—Esa cazadora que llevas es nueva, ¿verdad? —preguntó tras una pausa.

—Sí —contestó Víctor con arrogancia—. ¿Te gusta, mocoso?

—Mucho. ¿De dónde has sacado el dinero para comprarla?

Víctor se puso repentinamente a la defensiva.

—Eso a ti no te importa, pasmado.

—Oh, claro que me importa —Pablo se aproximó unos pasos—. Seguro que últimamente te van bien las cosas. Me apostaría lo que fuese a que manejas pasta en abundancia. ¿Y de dónde ha salido ese dinero? Alguien te lo dio, ¿verdad? A cambio de la vida de una persona.

—Pero de qué estás hablando, cretino... —musitó Víctor.

—De tu dinero, de eso estoy hablando. Sólo tuviste que vender a una pobre mujer para conseguirlo. Muy sencillo.

—Este niñato se ha grillado... —rió nerviosamente Víctor, mirando a un lado y a otro.

—Ah, pero esa mujer era una *sudaca*, ¿no es cierto? —prosiguió Pablo—. Y la vida de una *sudaca* no tiene importancia, ¿a que no? —encajó la mandíbula—. Pues te voy a decir algo: un solo cabello de Flor Huanaco vale mil veces más que todos los tipejos repugnantes como tú que pueda haber en el mundo. Porque si aquí hay algún monstruo, ése eres tú —sacudió la cabeza—. No, ni siquiera llegas a eso. En realidad no eres más que basura.

Víctor boqueó un par de veces, incapaz de decir algo. Así que avanzó amenazador y gruñó:

—¡Te voy a partir la cara, capullo!

E, inesperadamente, le propinó a Pablo un violento empujón. El muchacho dio un par de traspiés hacia atrás y cayó al suelo. Patricia agarró a Víctor por el brazo.

—¡Déjale! —gritó.

Pero Víctor, ciego de ira, la apartó de un manotazo. Pablo se puso en pie y contempló desafiante al joven.

—Eres más fuerte que yo —dijo—, y puedes derribarme todas las veces que quieras. Pero cada vez que me tires me levantaré, y volveré a decirte que eres basura. Y si quieres conseguir que me calle, tendrás que matarme, pero ni aun así dejarás de ser una apestosa basura.

Rojo de furor, Víctor levantó el puño.

—¡Te vas a tragar los dientes, imbécil! —gruñó.

Y, de improviso, una enorme mano se cerró en torno a su muñeca. Víctor volvió la cabeza y contempló el rostro tranquilo de Fote.

—¿Qué haces, tío...? —murmuró Víctor, sorprendido.

—Deja en paz al chico —le advirtió Fote.

—¿Pero qué te pasa, tronco? Somos colegas, ¿no?, amigos...

—Quizá sí, quizá no —la mirada de Fote se endureció—. Pero yo en tu lugar dejaría tranquilo a ese chaval, ¿está claro?

Víctor contempló atónito a su antiguo camarada. Iba a contestarle con alguna bravuconada, pero, tras echar una rápida ojeada a aquellos inmensos músculos, consideró que era más prudente plantearse una rápida retirada.

—Vale —musitó en tono despectivo—, si un amigo va a fallarte es mejor saberlo cuanto antes —se volvió hacia Patricia y ordenó—: Vámonos.

La muchacha sacudió la cabeza.

—Vete tú solo —dijo.

Víctor respiró hondo y asintió varias veces con aire de dignidad ofendida.

—Sois todos unos pringados —murmuró mientras se daba la vuelta y comenzaba a alejarse de allí.

Pablo respiró aliviado y se volvió hacia Fote.

—Gracias —le dijo.

Fote cabeceó casi imperceptiblemente y echó a andar con tranquilidad, como un perro mastín de aspecto tan imponente como apacible. Patricia se aproximó tímidamente a Pablo.

—¿Cómo estás? —preguntó.

—Bien. Por los pelos, pero bien.

—Te he llamado varias veces —prosiguió la muchacha—, pero nunca estabas. Quería pedirte perdón.

—No hay nada que perdonar.

—Claro que sí. Me porté mal contigo; debería haberte dicho lo de Mendizábal, pero... Verás, al principio me vinieron muy bien tus clases, y pensé que te enfadarías si te contaba la verdad. Luego, en el concierto..., no sé, me cogiste por sorpresa y reaccioné como una estúpida. Pero tú eres un tío genial, Pablo, de verdad, y me gustaría seguir siendo amiga tuya.

—Claro que seguiremos siendo amigos —sonrió el muchacho.

Los ojos de Patricia se iluminaron.

—¡Genial! —exclamó—. ¿Te apetece venir a casa? No para dar clases, sino para escuchar música y charlar un rato. ¿Quieres?

Pablo advirtió por el rabillo del ojo que Laura se

apartaba de Guillermo y Gabriel y comenzaba a alejarse lentamente.

—No puedo, lo siento —le dijo Pablo a Patricia—. Ahora tengo algo que hacer. Otro día será.

Se despidió con un cabeceo y echó a correr hacia Laura. Gabriel se aproximó a Patricia.

—Hola, me llamo Gabriel Ventura —dijo—. Soy amigo de Pablo. De hecho, si has leído los periódicos sabrás que prácticamente yo le salvé la vida. Pero eso no tiene importancia. Hablemos ahora de ti; imagino que te sientes triste y solitaria, quizá abandonada, ¿no es cierto?

Patricia parpadeó varias veces.

—¿Cómo...? —frunció el ceño—. ¿Quién has dicho que eres...?

—Gabriel Ventura —la cogió suavemente por el brazo—. Pero sigamos hablando de ti. Eres una mujer sensible y te sientes herida, lo comprendo, y piensas que nada podrá reconfortarte. Pero, ¿has considerado la idea de buscar consuelo en la poesía? La poesía es emoción, vida, pasión, locura, sueños, amor... Por cierto, ¿te he dicho que soy poeta?

Entre tanto, unos cuantos metros calle bajo, Pablo ya había llegado a la altura de Laura.

—¿Puedo acompañarte? —le preguntó.

—Claro... —murmuró la muchacha, con la mirada siempre fija en el suelo.

Caminaron en silencio durante un rato.

—Hace una tarde preciosa —dijo Pablo finalmente—. ¿Te apetece que hagamos algo?

Laura se ruborizó.

—Si quieres —dijo—, vamos a mi casa y estudiamos juntos.

—Bueno, no me refería exactamente a eso —Pablo aspiró el aroma a flores que le traía la brisa—. Es primavera, ¿sabes?, y creo que todavía no la hemos aprovechado. ¿Por qué no vamos a bailar?

Laura se detuvo en seco y abrió mucho los ojos.

—¿Estás loco? —preguntó.

—¿Por qué? Conozco un lugar donde ponen una música fantástica. Salsa, merengue, bachata, lo que quieras. Vamos, anímate.

—Pero es que no sé bailar... —protestó débilmente Laura.

Pablo sonrió de oreja a oreja y la cogió de la mano.

—No importa —dijo—; yo te enseñaré.

Epílogo

De igual manera que una piedra arrojada a un estanque provoca una sucesión de ondas concéntricas de amplitud cada vez mayor, los sucesos acaecidos cierta noche de primavera en el edificio de la International Sugar & Grain Company dieron lugar a toda una cascada de acontecimientos.

Los poderosos narcotraficantes del cartel de Cali no podían dejar sin castigo la traición de Aurelio Coronado, de modo que decidieron «apartarle del negocio», es decir: borrarlo de la faz de la Tierra. La guerra entre bandas apenas duró tres meses. Los colombianos, además de ser más fuertes, contaron con la alianza del clan de los *gallegos*, ya que uno de sus jefes, Germán Rubirosa, se consideró personalmente insultado al descubrir que el camión supuestamente cargado de cocaína que les había vendido Coronado por cincuenta millones de dólares contenía, en realidad, harina de maíz.

En muy poco tiempo, las fuerzas combinadas de los colombianos y los *gallegos* atacaron y destruyeron todas las posesiones de Aurelio Coronado en América y Europa. Bombas, sabotajes, asesinatos, incendios... Aquella cruenta guerra no concluyó hasta que un misil, disparado por un avión sin identificar, hizo saltar por los aires la mansión que Coronado poseía en la selva amazónica, donde falleció, según se rumoreó.

Y así fue como el reinado de terror de don Aurelio Coronado tocó a su fin. Pero lo que nadie supo nunca es que quien realmente acabó con él no fue ningún grupo de narcotraficantes rivales, sino una humilde chola boliviana llamada Flor Huanaco que, de este modo, había vengado la muerte de su amado esposo Luis Quispe.

En lo que respecta al señor Luna, jamás volvió a saberse de él. Corrieron rumores de que había muerto en la explosión de un edificio, aunque algunos aseguraron haberle visto jugando a la ruleta en Montecarlo, o tomando el sol al lado de una bellísima *starlette* en las playas del Egeo. Pero lo cierto es que nadie pudo aportar prueba alguna, así que el nombre del señor Luna fue tachado de la lista de los asesinos a sueldo en activo.

Sin embargo, años después, un misterioso multimillonario de facciones sorprendentemente similares a las de Luna compró una pequeña isla frente a las costas de Guatemala, en el Caribe, y construyó allí su residencia permanente. Se decía que aquel hombre tenía un pasado tormentoso, que se había visto implicado en asuntos muy turbios y que había matado a mucha gente. Por una vez, todas aquellas habladurías resultaron ser ciertas. Y, quizá por eso, nadie comprendió nunca cómo era posible que un hombre tan terrible dedicase gran parte de su fortuna a mantener, en su isla, un refugio de acogida para los niños sin hogar que malvivían por las calles de muchas ciudades sudamericanas.

Entre tanto, en Madrid, los años transcurrieron despacio, y los muchachos de esta historia dejaron de serlo para convertirse en adultos. Algunos cambiaron, otros no.

Víctor Muñoz consiguió acabar a trancas y barrancas sus estudios en el Alberto Magno. Cursó algunas asignaturas de la carrera de Empresariales y, cuando su padre se retiró, tomó en sus manos el control de las empresas familiares. Durante un tiempo, consiguió doblar sus beneficios. Sin embargo, al cabo de pocos años, una inspección fiscal sacó a la luz las alarmantes irregularidades que se desprendían de la gestión de esas empresas. Víctor fue acusado de malversación de fondos, fraude, estafa y falsificación de documento público. Tras un prolongado juicio, ingresó en prisión. Gracias a su buena conducta, sólo cumplió dos de los cinco años a que fue condenado.

Gabriel Ventura y Patricia Arroyo iniciaron, para sorpresa de todos, un tórrido romance que desembocaría, años después, en un apasionado matrimonio. Gabriel abandonó la poesía y se convirtió en un famoso autor de *best sellers*. Patricia, por su parte, olvidó la idea de ser una *top model* y, poseída por una inesperada pasión por las matemáticas, estudió Exactas. Más tarde fue contratada por el Consejo Superior de Investigaciones Científicas, y algunos de sus trabajos teóricos gozaron de cierto renombre entre los esotéricos círculos de la Alta Matemática. Lo que ninguno de sus colaboradores logró entender jamás es por qué Patricia, una mujer de tanto talento y prestigio, llenaba siempre las hojas que empleaba para sus cálculos de unos extraños garabatos que parecían representar naves espaciales, planetas y estrellas.

Laura Sandoval y Pablo Sousa salieron juntos durante unos meses, no muchos. Luego, por algún motivo, se fueron distanciando. Siguieron siendo amigos, sí, y al llegar las fechas de sus cumpleaños se telefoneaban mutuamente para desearse felicidad, pero prácticamente dejaron de verse y, con el tiempo, incluso las llamadas telefónicas cesaron. Laura estudió Informática con tal brillantez que, nada más acabar la carrera, fue reclutada por una poderosa multinacional, una empresa dedicada a la elaboración de *software* para ordenadores que, a la larga, ella acabaría dirigiendo. Laura se casó y tuvo tres hijas. Todas ellas gozaron de un cociente de inteligencia superior a ciento cuarenta y cinco.

En cuanto a Pablo, para sorpresa y disgusto de sus padres, abandonó las matemáticas y estudió Filosofía y Antropología, para dedicarse posteriormente a la enseñanza. Amelia y Ricardo, que esperaban para su hijo un futuro bastante más brillante que verle convertido en un simple «maestro», trataron de disuadirle por todos los medios, pero si algo tenía claro Pablo es que jamás iba a permitir que los demás decidieran por él, de modo que se mantuvo obstinadamente firme en su determinación. Más adelante obtuvo la cátedra de Filosofía en una universidad del Norte y, finalmente, sus padres parecieron aceptar que, después de todo, tener un hijo catedrático no estaba nada mal. Con el tiempo, Pablo conoció a una mujer, una joven pintora de gran talento, de la que se enamoró perdidamente y con la que, años después, tuvo dos hijos, un chico y una chica, a los que llamaron Gabriel y Flor. Pablo vivió una vida razonablemente feliz y siempre presumió, con razón, de ser un excelente bailarín.

Y llegamos, por último, a doña Flor. Pablo jamás volvió a verla, pero mentíria si dijese que no supo de ella. Porque durante mucho tiempo, cada año, al llegar la Navidad, el correo traía a su casa un enigmático envío. Se trataba de una postal procedente de algún lugar de Sudamérica, carecía de remite y no contenía ningún texto. No obstante, sí que había algo en el reverso de aquellas misteriosas tarjetas, y siempre era lo mismo.

El sencillo dibujo de una flor con los pétalos abiertos.